谢六逸全集 四

谢六逸 著
刘泽海 主编

贵州出版集团
贵州人民出版社

日本之文学(下)

《日本之文学(上、中、下)》

谢六逸著,长沙:商务印书馆,1940年3月版。

《谢六逸全集》以长沙商务印书馆1940年3月版为底本。

目 录

第四编　戏剧

- 003　第二十一章　谣曲与狂言
- 011　第二十二章　净瑠璃
- 015　第二十三章　歌舞伎与江户演剧
- 021　第二十四章　近代戏剧
- 030　第二十五章　现代的剧坛

第五编　散文

- 041　第二十六章　古代散文
- 098　第二十七章　平安时期的散文
- 119　第二十八章　镰仓室町时期的散文
- 141　第二十九章　江户时期的散文
- 158　第三十章　散文的兴盛时期

213　人名索引

第四编 · 戏剧

第二十一章　谣曲与狂言

一、能与谣曲

在日本的乐剧中有叫做"能"的一种,是含有艺术薰香最浓的古典剧。它的词章(脚本)称作谣曲,在文学史中,占着重要的位置。

谣曲的起源,当然是随能的起源而转移的,但能乐的起源如何,却是目前尚未解决的问题,真是众说纷纭,莫衷一是。其中稍稍可注目的,则为"元曲起源说",说能乐是中国元曲的变化,支持是说的,多为江户时代的国学者;但据吉泽义则博士的意见,认为这种乐剧是种自然发生的东西,它是日本固有的民俗舞踊(《记》《纪》所载),融合了唐乐、高丽乐以及其他一切舞踊杂艺而成的,尤以田乐白拍子曲舞三种,在能乐里占着重要的地位。

能乐发达以后,作为能乐的词章之谣曲,也就续续出现,这些谣曲,由于演奏的程序,分成神、男、女、狂、鬼五种。所谓神事物即初番物,又称胁能,以"翁"或神体为主人公。第二番的男物,又称修罗物,以武人为主人公，大体言武人阵亡后，坠入修罗道，其亡灵时常出现，遇见旅僧，倍诉战争的惨情，乞归回向。第三番的女物，又称为鬘物，以女性为主人公，语说恋之执念，奏演序舞等的优美之舞踊。第四番的狂物，其主人公多为狂女，不过它亦包含了其他一切的杂曲。最后的鬼物又名切能，以鬼、神、畜生为主人公。

谣曲既有以上五种，则他的题材与题材的出典，当然亦可分为五种。像第一种神物有《高砂》《弓八幡》《贺茂》等谣曲，以《记》《纪》《播磨风土记》《常陆风土记》社寺之缘起，上代之神话等为题材；第二种修罗物有《八岛》《赖政》《田村》等谣曲，多根据《平家物语》《源平盛衰记》而成；第三种女物有《井筒》《野宫》《夕颜》《住吉诣》等谣曲，多以《源氏物语》《伊势物语》等为题材；第四种以现代所生存之人物为主人公，分成时代物、世话物二种，时代物有《小袖曾我》《安宅》，世话物则以市井巷谈为题材，如《三井寺》《隅田川》等；第五种鬼物有《善界》《第六天》等谣曲，多取材于日本、中国、印度的传说。

谣曲的构造极繁多，可以分成单式能、复式梦幻能、剧的梦幻能、一段剧能、二段剧能等。单式能为剧的要素，极其稀薄的一场物。复式梦幻能、剧的梦幻能，都是前后二场，在后场时，有亡灵露出生前的姿态。但复式梦幻能中之主人公与副主人公的关系，是偶然的，剧的梦幻能则是有因果关系的。至于剧能则是相近于普通的演剧，没有过去亡灵的出现，凡是由一场而成的，称做一段剧能，由二场而成的，称做二段剧能。

谣曲中的人物，有"仕手""胁""连""伴""子方""狂言方"等，仕手为主人公；胁为主人公之对手，即配角；连为随从于仕手与胁者；伴是单纯的从者；子方是小童所演的角色；狂言方是当仕手休息时道科白的。

谣曲的作者，从前多以为是僧侣歌人或公卿，但自世阿弥的《十六部集》发现后，才知道谣曲多为演能的俳优自身所作，间有门外汉的作品。在是些作家之中，最有名的，当推观阿弥、世阿弥、音阿弥、金春禅竹等，其中尤以世阿弥为最佳。

金春禅竹批评世阿弥的演技以及所作之谣曲道："世阿弥入道之智、作、成所，厥推斯道牛耳，宛如曙花盛开，残目在天的美景。"可以说是譬喻得非常确切。不过世阿弥的晚年，极其不幸，不值弟弟音阿弥之荣达，流离他乡，于八十一岁时逝于流谪地。

无论世阿弥之谣曲，或他人的谣曲，作为其美学的基础的大体一致，即是《新古今集》成立以来的"幽玄"，所以世阿弥在《学习条条》里说道："诸事概以幽玄为上等，更何况艺（能）道当然亦应以幽玄为风体。"就可知幽玄在谣曲中所占的地位。

谣曲的文章，非常美丽，表面看来似乎是乱堆的锦绫，有点错杂，实则不然，它不但有文章上的音乐美，并且巧于闲寂的光景与哀情之表现。故以此种词章，配以艳与涩的调和之能的演技，得以构成了日本艺术中之最有价值的艺术。

二、狂言

狂言是随能乐而发达的舞台艺术，亦即是能中以笑为主题的喜剧之成长，其始源似在镰仓，但完成则在室町时代。

狂言有三种流派，即大藏流和江户时代的鹭流和泉流。大抵是幕府的式乐，但现在鹭流已灭亡，只存大藏及和泉二流。

狂言的词章没有定称，有称做"传书""六义式"或"狂言记"的，但都不妥当，实际上是应该称做狂言的脚本或台本的。是些脚本的作者为谁，似不可考，根据享保六年，太藏弥太郎虎纯给幕府信时，说狂言总计百六十五番，自《末广》至《钓狐》五十九番为玄惠法师之作；其次自《浅》至《萨子库姓》七十八番为金春四郎次郎、宇治弥太郎二代内的作品；至于《近目》至《绚绳》的二十三番，则作者不明。这种说法，似乎不确，因为所有狂言，大抵是狂言师的所作。

狂言的词章分词与韵文二种，词中有对话与独白，都是室町时代的口语，韵文有无节奏与有节奏之分，无节奏的为和歌、连歌，有节奏的为小歌、谣曲等。此种词章，概由登场人物所口述，其间没有叙事的地文。故狂言的词章，实近于纯粹的脚本形式，与谣曲比较时，则显粗杂，一种是贵族的艺术施用雅语，一种是民众的艺术，试用平民语。

狂言的材料多取材于当时的社会，描出世相之表面，含有童话性质的颇多；至于作中的人物，多为无知的大名（诸侯）、破戒的僧侣、无力的修验者、滑稽化的鬼畜等。

狂言的构造，单纯素朴，皆以一场而成，没有二幕的组织，从事件之展开到生葛藤，终归于圆满解决或破裂为止。凡是圆满解决的，则舞踏喧歌，以笑而告终；凡以破绽为结局的，则念 yarumaitso 的台词而告终。

狂言中的人物,主役称仕手或主,配角称 Adō。如 Adō 在二人以上时就称小 Ado 或三 Ado,如果 Ado 的人数众多,则称"立众",不过人物无论怎样多,绝不会超过十人,是种极其简单的演剧。现译狂言一首如下。

鬼的义儿

人物：妇人　鬼

妇人："我乃住在此地的人氏是也,长久没有回转娘家,现在想去问候,就此慢慢地前去吧,许久不去,路也分辨不清了,而且路程遥远,一路上耽着心事。我想打从这条路去,不见得会有强盗的。呀!说着话时,已经走到这很宽畅的野外来了,却不知是什么地方。唔,有了,是播磨的印南野,可是是怎样一个可怕的、令人提心吊胆的旷野啊!并且又这般冷静,真是令人胆寒。"

鬼："呜!呜!呜!唅,生人臭呀,吃了吧,吃了吧,呀!呀!"

妇人："救命呀!救命呀!请饶我的命吧!救命呀!"

鬼："唅,这家伙你是什么东西,为何离了人世到这里来?"

妇人："我是住在这里的人氏,现在回转乡里去。"

鬼:"不管你到哪里去,你来得正好,这一向好久没有吃新鲜货了,从头上一口吃了吧,吃了吧,哈哈哈。"

妇人:"求你饶我这条命。"

鬼:"唅,你手里抱着的是什么?"

妇人:"是我的孩子。"

鬼:"吓,真是可爱的孩子,那末你有男人吗?"

妇人:"没有男人,孩子从哪里来呢?"

鬼:"这是我弄错了。"

妇人:"那末你有爷娘吗?"

鬼:"没有爷娘,我从哪里来呢?"

妇人:"你的爷娘想必是可怕的呀!"

鬼:"不是的,心肠是大慈大悲的。唅,我要带了你去,做我的妻子。"

妇人:"不行不行,我不愿跟你做夫妇。"

鬼:"你说不愿意吗?就吃了你!吃了你!唅!唅!唅!"

妇人:"救命呀!救命呀!那末就成为夫妇吧!"

鬼:"怎的?成了吧!"

妇人:"你不必这样,为了这孩子的缘故,就成了吧,你等等我去化妆了来。"

鬼:"你的面庞是很漂亮的,用不着化妆。"

妇人:"不行不行,因为要拜堂总得化妆一下子。"

鬼:"那末你去了来。"

妇人:"我去了你好好地看守孩子,不要让他哭。"

鬼:"唔！我来看守他,你给我。(接过孩子)呀！呀！好看的孩子呀！你同你妈妈一样好看,革肢,革肢,革肢喂。"

妇人:"你不要那样吓他呀！"

鬼:"呀！不要哭呀！革肢,革肢,革肢,哈哈做细眼,做细眼,不高兴了,呀！革肢革肢,革肢,哈哈笑起来了,呀！我有话对你讲,从现在起,你是我的孩子了。要像我一样,强悍地养大起来到了成人,好治服别人,这就是我想和你说的话,哙！化妆好了吗？"

妇人:"呃！已经好了。"

鬼:"唔！在这可庆贺的时候,我想欢呼着到蓬莱岛去,你以为怎样？"

妇人:"那是很好的,可是呼噪些什么好呢？"

鬼:"没有别的,照我的样子欢呼就行了。"

妇人:"怎样的？"

鬼:"'鬼把干儿子背在背上,回蓬莱岛去。'就是这样地欢呼。"

妇人:"懂得了,快些欢呼吧。"

二人:"鬼的干儿子,

"背在背上,

"到蓬莱岛去吧,

"回蓬莱岛去吧。"

鬼:"我疲倦了,你来背吧。"

妇人:"让我来抱他"(接过孩子)"喂! 喂! 快些欢呼呀!"

鬼:"知道了。"

二人:"鬼的干儿子,

"妈妈抱着他,

"爸爸爱他,

"回蓬莱岛去,

"回蓬莱岛去。"

妇人:"呀,呀,鬼老爷你去你的,我要到我的乡里去了,可怕呀! 可怕呀!"(逃走)

鬼:"怎么的,怎么的,这刁钻货向哪里走,抓住她,吃了她,吃了她!"

(参考书见第二十五章末)

第二十二章　净瑠璃

在近世的演戏艺术上,"净瑠璃"与"歌舞伎"占着重要的位置。净瑠璃起于室町中期,起初由琵琶法师所演奏,演奏的作品有《净瑠璃姬物语》,记述牛若丸(《源义经》)赴陆奥的半途,在三州矢矧的旅馆里,与净瑠璃姬相恋爱的故事,因为缀成十二段,所以又名《净瑠璃十二段草子》。自从三味线(三弦)输入日本以后,遂以此和词而讲说,到后来又以人形(木偶)来表现,成为演剧艺术的一种。

开始以三味线来和净瑠璃的,是泽住。到了文禄三年,京都人泷野勾当将净瑠璃附以平曲风的曲节,直至庆长年间,泷野的门人次郎兵卫又与人形师引田某相谋,将净瑠璃与人形戏相结合起来,开始公演,博得大众的欢迎。

宽永初年,次郎兵卫的门人萨摩净云自泉州到江户,上演了净瑠璃,以其勇壮活泼的词章、曲节,颇投江户人的好尚。净云的弟子丹波太夫续继师业,在江户专门上演冈清兵卫所作的"金平物"(以金平为主人公),因为是一种勇壮的故事,故更受大众的欢迎,不过这种作品粗野而夸张，缺乏艺术的价值。净云的另一弟子源太夫自江户重返京都，源太夫的弟子井播磨掾到了大阪，都努力于净瑠璃的传播，遂使净瑠璃有了相当的基础。

源太夫的孙弟子竹本义太夫是个卓越的艺人，他独创了净瑠璃的曲节，叫作"义太夫节"，非常受众人的欢喜，于是义太夫节风行全国，使义太夫节成了净瑠璃的别名。

竹本义太夫的净瑠璃之受众人欢迎的原因，全靠有一个天才的作家替他作曲，那人就是被称为"东方莎士比亚"的近松门左卫门。

近松的传记不详，本姓杉森，名信盛，号巢林子，兄为相国寺之宗长，有弟一妹一。据云近松曾为武士，后失职为浪人，开始了作家生涯，约有三四十年之久。殁于享保九年十一月，共享年七十二岁。

近松的作品极多，大抵可分为时代物与世话物二种。所谓时代物乃是以上古以来的说话史谭，或伟人杰士的事迹，加以奔放的想象所写成之作品，不过这些作品，对于故实用语作中人物之心情的新旧都无暇顾及。世话物则是以市井琐事，诸如社会新闻面所载的心中、情奔、杀人、强盗、私通奸杀、横领等为材料，立脚于写实主义上所构成的作品。近松的这二种作品，以世话物为佳，但世话物中尤以心中物为佳，这种心中物虽亦有亲子之间等的心中，但不值描写男女恋爱上的心中为卓越。

所谓男女间的心中，是恋爱与义理之葛藤所引起的悲剧，亦即男女们为了达成恋爱，都抛弃了世间的理义，双双自杀。这种自杀在近松看来，觉得是应该十分地同情的，他深知这些男女绝不是故意地无视当时的道德与习惯,而是万不得已才出此下策的,所以近松认为男女的心中,是恋爱道的极致,是人生中悲痛的美的现象。

近松的世话物的代表作,有《长町女切腹》《浣鲤出世泷》《油地狱》等,心中物的代表作有《曾根崎心中》《天之纲岛》《冥途之飞脚》《崛川波之鼓》等。

时代物的最佳作品,则为《国姓爷合战》,内述明朝遗臣郑芝龙在日本生一子名和唐内,后和唐内伴母返中国,与异腹之姊锦祥女的丈夫甘辉相识,预备起兵伐清,但甘辉不从,于是锦祥女杀身以谏,打动了甘辉的心,就树起反清的旗帜。此作的中心,亦在描写义理与人情的葛藤,获得了观众万斛的眼泪。其他的时代物尚有《曾我会稽山》等。

总之,近松的艺术,其中心思想与西鹤相异,西鹤是求真,而近松则是以美丽的蝉翼纱来"美"化一切,所以他是个歌颂人生之美的诗人。随之,他对一切的过失或罪恶,都想加以净化。失掉贞操之女、背双亲的年轻人,他也与以莫大的同情,把咎责推在他们的意志之薄弱上,而不以为他们有犯罪的意志。

与近松同时,有个纪海音,也是有名的净瑠璃作家,所作凡四十曲,最有名的为《人白屋阿七》《心中二腹带》,但与近松的作品相较,则见逊。此外尚有后代的竹田出云、近松平二等人都颇有名,尤以竹田为佳,他能比近松的抒情与叙事的倾向前进一步,专心于剧的构想,构成了复杂而统一的场面。

明和七年以后,净瑠璃渐趋衰微,推其原因,不外有二:一为歌舞伎的盛行；一为以音乐性质为主的歌净琉璃渐渐发达，因为此种歌净琉璃，不管内容和故事，只专心于曲节的表白，遂使净琉璃成为纤纤的哀调，使净琉璃堕入末路。

（参考书见第二十五章末）

第二十三章　歌舞伎与江户演剧

歌舞伎的创始者据一般传说，为出云巫女阿国，但阿国当时的歌舞伎仅是一种简单的念佛踊——是集汇过去诸种歌舞而成的东西，与现在的歌舞伎相差极远。

阿国是个美女，穿上绫罗，然后粉墨登场。当然获得了江户一般庶民的爱好，于是模仿阿国的歌舞伎就续续出现，达到了非常旺盛的地步。不过当时的歌舞伎，皆以女的为俳优，且大都是游妓，所以酿成了种种风化上的问题，尤其到了阿国以后的歌舞伎，大都互竞华美，乐器除笛以外又加上了三味线，演技的内容也渐复杂，要比阿国创始当时的念佛踊，更要加上多量的剧的要素，显示了女歌舞伎的黄金时代；反之，那可怕的风纪问题，则愈加严重，终于在三代将军家光的宽永六年十月，被幕府所禁止，计自创始到当时，仅只三十余年，可云短促之极。

继女歌舞伎而起的，是若众歌舞伎，正如女歌舞伎之以美女为俳优，而若众歌舞伎则以年轻美貌的童子为俳优。因此之故，不但男人都耽溺于彼等的美貌,甚之女人也都为他们的美貌而失魄,所以它的声势,尤较女歌舞伎为大,而其弊害当亦更大了。这时,德川幕府看到了这种情形,遂又下命禁止,时当四代将军家继的承应元年,在女歌舞伎禁止后的第二十三年。

若众歌舞伎被禁以后,剧场主人遂四出活动,请求幕府撤回原令;幕府亦因顾虑伶人的失业,就于翌年允许若众歌舞伎的恢复,不过一切伶人,须剃去前额的头发,只留脑后的长发,因为如此,足以损害伶人的美貌,得以防止宠伶的弊害。自此以后,就称当时的歌舞伎为野郎歌舞伎了。

以上是歌舞伎发展的历史,现在来窥视下它的内容吧。

歌舞伎的内容,大抵有四种,即"义太夫狂言""时代物""世话物""所作事"。所谓义太夫狂言,就是将操人形(净琉璃的傀儡剧)的义太夫一丝不改地移植到歌舞伎上,词章既相同,就是俳优的做作,也竭力地模仿操人形剧中的人形动作,所以是操人形的放大而已。这种戏曲的种类有五六十出,如《假名手本忠臣藏》《义经千本樱》等。

时代物又称时代狂言,即普通所称的时代剧,其数量极多;题材方面多取自德川以前的史实,偶有取材于德川家或与德川家有关的人物时,就改用假名,用以防止幕府的干涉。

在时代物中,普通又分成二种,一种为王朝物,一种为普通的时代物。王朝物的题材,系采自奈良、平安二朝。普通时代物则为平安朝以后到当时。不过这种作品,只是以历史上的人物为主人公,对于史实，则全然无视，自由大胆地随空想而驰飞，有近于荒唐无稽的弊病。

世话物又称世话狂言，与时代物之荒唐无稽相反，是以写实为宗旨的，取材大抵为市井琐事，故常有紊乱风纪的倾向。

世话物之特色，分成濡场面、杀场面、威胁场面、责罚场面、世话场面。所谓濡场面，乃是以猥卑为主眼，堕入非常猥亵的程度里；杀场面则以残酷为主眼，表现奸杀、仇杀等残酷的情形；威胁场面以威逼暴夺等为主眼，在世话物中占最多的数目；责罚场面颇似于杀场面，不过不致到了杀死的程度，大抵是严刑的拷问。世话物则以用义太夫为主眼，因为普通的江户歌舞伎除义太夫狂言以外，多不用义太夫，唯此种世话场面则利用之。

第四种所作事，即为现今所谓的舞踊剧，综合并继承阿国的念佛踊、各地的民俗舞踊、能乐舞等而形成。

歌舞伎的脚本，在文学上占着重要的地位，且自歌舞伎发起到江户末季，实产生了不少的剧作家。其中有名的，除净瑠璃作家近松门左卫门时有脚本的著作外，元禄以后，当以并木正三的弟子并木五瓶为有名。

并木五瓶初为俳优，后来专心于剧作，与当时的樱田退治相抗拮，处女作为《日本万岁宝积山》，似为与并木十辅所合作。绝笔作为《万代不易戏场女》，其他作品极火。

他因为有细心的常识的性格，故其作品对于人物之动作与故事的行进，皆极有规矩，能予以合理的整理，所以他的作品之构图，大都保持着均整与调和,并能描绘出若干性格与理想。他的作品在百十篇以上,最杰出的为《天满宫业种乡供》《倾城黄金鳞》等。

文化、文政年间,最有名的脚本作者为鹤屋南北。他于宝历五年生在江户,是个道地的江户儿,父为染印师。二十一岁时,拜金井三笑为师出演于中村座,开始了戏剧的生涯,不过他极其无学(其实是当时脚本家的特征)。他的脚本要较前时代多加上现实味,但在今日看来,仍然是现实味与梦幻味两下掺半,但在当时,算是有浓厚的现实味的了。

南北虽然无学,但他有锐利的眼光,他能细细观察当时的好尚,他知道当时江户人近于病的官能,嗜好非正常的刺激,于是就尽力地提供残酷的杀人场面、使人失色的怪谈以及刺激肉欲的濡场面给观众。像他的《四谷怪谈》《绘本合法衢》都不出于这种题材。

总之,作为南北的特色的,正如伊原青青园氏在《日本演剧史》中所说一般,计有三点,即:1. 在怪谈物中有其独特的技术;2. 巧于世话狂言,能穿凿市井风俗和流行,并能尽滑稽之趣;3. 能将过去的旧作缀合起来,成为新作品。

自此以后,歌舞伎的脚本作家都没有任何杰出的人才,到了江户末年,才有河竹新七(默阿弥)的出现,算是完成了江户时代的脚本艺术。

默阿弥于文化十三年生于江户,家业典当,少年时好戏剧,且喜狎游,遂遭家庭的驱逐,于是痛改前非,入五世鹤屋南北门下为弟子,间作脚本,到了三十六岁算是正式地从事于脚本的制作了。

他的作品,以世话物见长,尤其喜写怪谈物和露骨的色欲场面,所以是个道地的恶的诗人。他常在恶的世界里拣撰恶的人物,创造了白浪(盗贼)物。但这种恶里,是时常地闪有美的善的毫光,这正是由于作者将恶给纯化美化了。不过因他持有肤浅的劝善惩恶的道德律,致妨碍了他的彻底的纯化工作。

他的脚本的技巧极佳,结构老巧,台词妙致,尤能以音乐的效果增进剧中的情味,实颇难得,且在表现幕末维新之后的风俗人情上,尤为他人所不及。代表作品计有《村井长庵》《三人吉三》《白浪五人男》《鼠小僧》《结发新三》等。

以上是关于脚本的略述,现在再来看看当时演剧的内貌吧。

歌舞伎演出上的成功和俳优个人演技的成长,当在野郎歌舞伎时代,因为野郎歌舞伎以前的歌舞伎多有他种不良的风气,影响到俳优们,无暇专心于演技的研钻。元禄以后,俳优的演技已大进步,并且各司其业,有了分工,算是对绚烂的江户演剧树下了基石。当时的分业,计下列八种。

1. 主役:扮演善良之人者;

2. 敌役:扮演恶人者;

3. 道外方:扮演滑稽者、愚痴者或轻率之人者;

4. 亲仁方:扮演老人者;

5. 花车方:扮演老妇人者;

6. 若众方:扮演小生者;

7. 子役:扮演小儿者;

8. 若女方：扮演年轻女人者。

当时的演剧，在俳优方面，不但有如此的分业，同时在剧场的构造上，也有了显著的改进，收到卓著的舞台效果，且因观众的观剧知识的增长，间接地促进俳优的上进，所以当时著名的俳优之续出，绝不是偶然的事情，例如京、阪方面的阪田藤十郎，江户方面的市川团十郎、中村七二郎，都是卓越的艺人。

阪田藤十郎于延宝六年，因上演《夕雾》，获得了盛名，他的演技属于写实派自然派，以扮演华奢风流的时髦人物为最见长，所以他的拿手好戏，多是世话物。

市川团十郎与阪田藤十郎的演技相反，以扮演勇猛之武人可恐的鬼神怨灵等为得手，遂致创造了"荒事"的一艺。所谓荒事，即是扮演武勇者的技艺，使人起豪壮勇武的心情。

此后的俳优，大都继袭家风称为二世三世，而技艺亦因歌舞伎的发达，愈更精致。到了江户末期，最有名的为四世市川小团次，是个专演默阿弥的白浪物之作家，以扮演阴惨无耻、哀怜恐怖的人物为能事，是先天地表现幕末江户的颓废气氛之俳优，坪内逍遥夸之为近世天才的歌舞伎俳优，实非过言。

（参考书见第二十五章末）

第二十四章　近代戏剧

一、封建残滓的戏曲

明治维新以后,戏曲仍旧继承着江户时代的系统,能乐或净瑠璃都成了古典的艺术,封步不前,没有一丝新的现象和新的词章的制作,只有民众艺术的歌舞伎有了稍微的改进,但这也仅仅是题材方面,至于意识形式则丝毫没有脱离了过去的封建形态,还是时代追从的封建市民的艺术。

与小说上残滓的作者假名垣鲁文相辉映,戏曲界中有个河竹默阿弥。他是个前时的作家(已详上篇),但至明治以后,他的写实风已渐渐告成,以其劝善惩恶主义描写旧江户(新东京已建设了)市民的人情和中心,著作有《庆安太平记》,描写明治新时代风俗的《霜夜之钟》《高桥阿传》等。这些作品,不但其形式与过去相同,甚之它的观念仍然是旧时代江户的观念,只是作中的人物穿上了洋服,剃了头发,算是一种新的现象。现在以他的《岛衙月白浪》(明治十四年)为例,稍加考察吧!

《岛衙月白浪》描写二个盗贼千太和岛藏,在某处盗得了千元并且刀伤了事主,于是各分所得回归故乡。这时千太遇到了父母双亡的悲剧,但毫不悲恸,又重返东京,预备继续做盗贼的工作。但岛藏回到故乡以后,知道自己的孩子在本人盗夺的那天伤了脚,于是有所悔悟,觉得这是因果的报应,也就返归东京预备向事主自首,以赎罪孽,谁知在东京又遇到了千太,于是岛藏向千太劝说,令其改恶为善,千太也有动于衷,于是另外设法筹得了一千元钱,偿还原先的主人。

这种戏曲,很明显地笼着旧戏曲的特色——劝善惩恶——并且都脱离不了荒诞的内容,如岛藏之子伤足的日子,正与彼等刺伤事主的日子相同,真是难言的稚拙。不过其中对风俗人情的描写,已有了新的开化现象,例如:

矶:"今天从神奈川坐火车到了新桥,吃了一惊,好像到了美国,都是砖瓦盖的房子哩。"

岛:"还来不着吃惊呢?请从诸官厅看起,直到三井银行,可看的多着哩,但明天得首先看一看近所的招魂所。"

矶:"看过博览会的人说,那里真好看啊!"

像上述短短的三句对话里,有着"火车""美国""银行""博览会"等的新名词,这完全可以说是默阿弥后期戏曲的唯一特征,亦即他能描绘出当时的风俗人情,是明治初年风俗史之片断。

二、戏曲的改良运动

明治十九年,新兴的布尔乔亚官僚学者以及新闻记者等,开始起来了对歌舞伎之不满的呼声,因为当时的歌舞伎——尤其濡场面、杀场面、威胁场面等,究竟有失上级社会的体面,且歌舞伎的特色虚构,也不合他们现实的趣味,所以揭起了改良运动的旗帜,组织了演剧改良会。

演剧改良会的宣言道:"现在的我们之演剧,猥亵野鄙,不可入绅士淑女之眼者极多,盖因拘泥旧习,以为非猥亵野鄙则不能娱观者之耳目,实为不知世界变迁至甚。以后宜使之高尚,但不远于人情,闲雅者则不背世态,兼备优美与快活,乐而不淫,和而不流,达到足供上等社会之观而无耻,是为本会之目的。"

是会的发起人,有井上馨、高木兼宽、森有礼等官僚,涩泽荣一等新兴布尔乔亚,其他还有旧的诸侯、名士、学者,真是不一而足。

他们的改良,不仅限于脚本方面,其他如建筑和兴行法(公演取缔法)方面,也有改善的企图,而且后者的工作倒反比前者更有成效,所以演剧改良会自编的戏曲《吉野拾遗名歌誉》的上演,反不合观众的胃口,算是在戏曲的改良上,告了失败。

这个时候,与改良会的表面之改革相反,有一派企图戏曲的内部生命之革改的,那就是森鸥外与他的弟弟三木竹二,他们翻译了卡尔狄龙(Calderon)的《调高矣洋弦一曲》(*Elalcalde de Zalamea*)、勒辛(Lessing)的《折蔷薇》(*Emilia Galotti*),是用歌舞伎的语调翻译出来的,这无非是想接近歌舞伎以期达到内部的改革。是二剧的内容都是表示反抗封建观念而胜利的小市民观念,亦即前者是农民反抗贵族的横暴,后者是其部下反抗王公贵族的暴虐,并且还混杂着妇女的贞操问题。这种戏曲的内容,很显明地与当时的歌舞伎有着浓厚的相异之倾向,所以在真实的改革之意图上看来,森鸥外的工作,是较胜改良会一等的。不过在成效上看来,都没有什么大收获。

明治二十六年,坪内逍遥在《早稻田文学》上,发表了一篇《我国的史剧》,惹起了全剧坛的注目,因为这篇论文,简直与他的《小说神髓》含有同样的意义,是以西欧的戏曲思想为基础,企图改革日本剧坛的论文。他在此文里,首先批判了近松与河竹的艺术,然后提出自己的史剧之意见。以为日本的戏曲,根本缺少叙事诗体与剧诗体的混流,并且太无视性格的存在,于是创作了《桐一叶》与《沓手鸟孤城落月》《牧方》等戏曲,算是具体化他的理论。这个提倡,终于真实地影响了剧坛的趋向,使当时的歌舞伎脚本界努力于史剧的制作,并且稍稍地混淆了西洋剧的要素。

三、近代演剧的运动

明治三十四五年以来,日本之戏曲因了海外剧本的介绍过来——尤以易卜生剧为主——和新兴布尔乔亚之渐渐成熟,于是有了更进一步的改革,那就是由布尔乔亚的自由主义者所揭起之近代剧运动。

在这近代剧运动之前,支配当时剧坛的,还是歌舞伎及准歌舞伎

（新派——文明戏），亦即以坪内逍遥、冈本绮堂为中心的演剧。

当明治三十七年的时候，坪内逍遥发表了一篇《新乐剧论》，提倡国剧之刷新，以期尊重过去的国民生活，重评过去的国民意识。于是根据这种理论络续地创作了《新曲浦岛》《新曲赫耶妃》《新初梦》等的歌剧，大都是取材于古典的乐剧，近似近来所称的舞踊剧，持有浓厚的浪漫主义的气氛。

冈本绮堂的出现，可以说是歌舞伎脚本界的幸运，因为自默阿弥以来，没有再比署名绮堂创作力更强的作家。他的初期作品，满溢着反歌舞伎情绪的史剧，著有《修善寺物语》《室町御所》《鸟边山心中》等。《修善寺物语》以夜叉王为主人公，充满了艺术至上主义的气氛，曾被介绍至外国，获得非常的好评。不过绮堂的艺术到了后来就与初期相异，染上了明显的江户情绪，洋溢着浓然的俳谐味。

与上述歌舞伎演剧相反的近代剧，它是以小山内薰与市川左团次（歌舞伎俳优）所组织的自由剧场为中心的，这种演剧不但抛弃了歌舞伎式的内容与意识，甚至在演技与形式上，也完全相反，是一种西洋剧的移植。

明治四十二年十一月，自由剧场举行了第一次公演，由小山内薰导演，上演了易卜生的《约翰·卡布里埃尔·鲍克曼》，获得了无限的成功，当时的掌声与呼声，简直震破剧场的屋顶，象征着新兴布尔乔亚的意气之盛。不过仔细地检视这种剧运动时，我们能发现它是立脚于布尔乔亚自由主义上的，而其对象的观众，亦限于不与封建势力妥协的布尔乔亚，以及当时的知识阶级，还没有达到真正的民主主义的演剧。

自由剧场自获得初次公演的收获后,就续续活动,现将其几年来上演的剧目列下:

第二回([明治]四十二年五月):《出发前半点钟》(维德金特作,森鸥外译)、《生田川》(欧外作)、《犬》(柴霍甫作,小山内薰译)。

第三回([明治]四十三年十二月):《夜店》(高尔基作,小山内薰译)、《梦介与僧》(吉井勇作)。

第四回([明治]四十四年六月):《河内屋与兵卫》(井吉勇作)、《第一曙晓》(秋田雨雀作)、《欢乐之鬼》(长田秀雄作)、《奇迹》(梅特林先作,森欧外译)。

第五回([明治]四十四年十一月):《寂寞的人们》(哈普特曼作,森欧外译)。

第六回([明治]四十五年四月):《道成寺》(萱野二十一作)、《塔达杰尔之死》(梅特林先作,小山内薰译)。

第七回(大正二年十月):《夜店》。

第八回([大正]三年十月):《星的世界》(安特列夫作,小山内薰译)。

在这个剧运动的掉尾,另有岛村抱月与其爱人松井须磨子等,组织了艺术座,上演近代戏曲,惹起非常大的声援。他们所演的脚本,为托尔斯泰的《复活》、易卜生的《海上天人》以及莎士比亚诸作品。其上演的态度则是二元的,一面是以兴味为中心的大众本位之态度,另一面是以布尔乔亚的教养为中心的艺术本位之态度,但时间一长,前者的态度战胜了后者,遂使戏剧变成了通俗的娱乐,遇到了没落的悲运。

四、自然主义的戏曲

正如上面所说一般演剧上既有了新的改革,那么作为演剧的基础之戏曲,当然也有了新的转换,单单像坪内逍遥式的歌舞伎作品,绝不能成为近代剧上演的脚本。

在当时,文坛上正被自然主义所支配,所以新的戏曲也多少地受有自然主义的影响,像佐野天声、真山青果、中村吉藏、长田秀雄等的戏曲,都充满了自然主义的色彩。

佐野天声于明治四十年,发表了《意志》和《大农》,都是受了易卜生影响极浓的作品,富孕着近代的要素。其中,《大农》为描写一个基督教徒,在战争时被俘为虏,但他毫不以为耻辱,他反对周围顽迷的人们,向着自己所执信的大陆式的大农主义而前进,全篇充满了个人主义的色彩,是讴歌个人的权威、自我胜利的作品。技巧方面虽见稚拙,但有热烈的意识。

青果于[明治]四十一年后,络续地发表了《第一人者》《如果不生》等的作品,获得了批评家的好评,这些作品,也都受着浓厚的易卜生影响。像《第一人者》,是描写与世俗之迷蒙相战的学者之悲壮心理,含有浓厚的个人主义的观念。《如果不生》描写一个不具者咒诅自己运命的作品,充满了苦痛与懊恼,而且对于遗传环境的估价极高,很显明的是自然主义的作品。

吉藏也是个受有易卜生影响极浓的作者，著有《牧师之家》《剃刀》《饭》等。《牧师之家》为暴露宗教界的腐败，攻击社会虚伪与矛盾的作品。《剃刀》与《饭》，同被赞为社会剧站在自由主义的立场上提供现实的诸矛盾。《剃刀》描写甲乙二个儿童，甲为优等生，乙为平凡儿，但甲因家境困苦未能升学，改业理发师，而乙则因家中富有遂致青云直上，荣归故乡。某日，乙赴甲处理发，甲因痛思自己的不幸，转想乙的荣华，遂以剃刀将乙杀死。提供给社会以贫富不平等的问题，惹起当时的好评。

长田秀雄为一自然主义倾向极浓的作者，著有《欢乐之鬼》《死骸之哄笑》《妊妇授产所》等。《欢乐之鬼》描写一妇人欲抛弃丈夫家庭以及一切束缚，向新社会迈进，但终因各种恶势力之羁缚，未容前进，暴露了这个社会的封建势力之浓厚。

五、浪漫的享乐的作品

自然主义运动以后，就是新浪漫主义时代，正如小说上之有新浪漫主义（谷崎润一郎等）、诗歌中之有象征主义（北原白秋等）的出现，戏曲上也展开了浪漫的享乐的运动，那就是木下杢太郎、吉井勇、秋田雨雀等的作品。

木下杢太郎是个有名的象征诗人，但也长于戏曲，著有《南蛮寺门前》《灯台直下》《实验时代》等。《南蛮寺门前》描写一年轻热情的僧侣，因憧憬异国的奇珍，于是转宗为基督教徒，是他们当时的诗想"异国情调"之另一面貌，充溢着浪漫的感情。

吉井勇的作品大都是耽溺在颓废的梦幻情调中,取理现实的颓废之美,像《狂艺人》《俳谐亭句乐之死》《小新与焉马》,都是描写当时没落的小市民之观念,展开了哀伤的场面。

秋田雨雀在当时,还是个纯情的感伤作家,一方面憧憬着美与真实,一方面静观着当时社会的现实貌。但每当遇见了一切矛盾却没有相斗的勇气,陷于断念的境界——充满了运命论的断念,有醉于感伤情调的倾向。著有《埋没之春》《第一之曙晓》《权三之死》等。

其他尚有岛村抱月,著有《清盛与佛御前》《运命之丘》等;永井荷风著有《异乡之恋》;谷崎润一郎著有《褒姒》;森鸥外著有《鹦鹉石》《假面》;小山内薰著有《俊宽》。其中,尤以鸥外的《假面》最佳,其构想系出自尼采式的思想,表现方面极其有力。

(参考书见第二十五章末)

第二十五章　现代的剧坛

一、大正时代的戏曲

在大正初期,新兴戏曲颇见发达,像杂志方面都特别地征求戏曲作品,如《太阳》杂志举行戏曲募集的悬赏,《中央公论》亦出新脚本号,发表了十三篇佳作,使戏曲界充满了新的气象。这时,一般的旧剧作者,如木下杢太郎、秋田雨雀、吉井勇、中村吉藏、长田秀雄等仍旧继续运动,另一方面又有久保田万太郎、武者小路实笃等的崛起。

久保田万太郎为《太阳》杂志之当选者,在明治四十五年首先发表过《雪》,大正初期发表过《夜空》。

氏生于浅草,是个道地的江户儿,开始进出于文坛的作品,是《太阳》杂志的当选作《序曲》,以后又发表了《黄昏》,遂被认为有望的作家。《黄昏》是取材于江户的旧市民生活,舞台系在浅草一廓的三味线店的门前,正是三社祭的第二天之黄昏,有年轻人在店前下将棋,姑娘河先则热心地在剪纸花,充满了浅草地带的色彩和香气,正与他的小说有同一的情调。大正当时,他又络续地发表了《水面》《画面》《后世床小屋》等,但有沉滞的气象。到了大正九年,他又发表了《四月昼》和《各心》,算是达到了他的才华之绝顶,不过他的戏曲未必都被搬上了舞台,作为开拓近代戏曲为"阅读的戏曲"点上,有不少的功绩。

武者小路实笃是个余技的戏曲家,长于小说。他的戏曲可以说是填装他的思想之形骸,因为戏曲的对话,比小说更能接近读者(与观众),并且容易包含其自身的思想,所以实笃就利用戏曲的形式,来作白桦派思想的宣传品。大正时代的实笃的作品,有《二个心》《某日之一休和尚》《佛御前》《二十八岁之耶稣与恶魔》《其妹》,等等。其中,尤以五幕剧《其妹》实为明治末到大正初的戏曲之划时代作,对于后来的菊池宽、山本有三都赋予了不少的影响。

谷崎润一郎在明治末年,已有戏曲的写作,如史剧诞生《褒姒》等,不过当时的他的戏曲,是他的余技而已,及到大正以后,他的戏曲有了长足的发展,像[大正]二年所发表的三幕剧《知道恋爱之时》《春之海边》《法成寺物语》《恐怖时代》《十五夜物语》等,都是剧艺术中的上乘者,带有浓厚的恶魔主义的倾向。尤其在大正中期所发表的《无爱的人们》《阿国与王平》,更表现出作者的特点,达到其浪漫主义的极致。

大正中期的戏曲作者,几乎多为小说作家,如菊池宽、久米正雄、长与善郎、仓田百之、山本有三等,这些作者,大都在小说篇里已经论述,故可简略。唯其中的菊池宽与山本有三,因在戏曲界中占着不可动摇的地位，故再加以略述。

菊池宽的作品以独幕剧见长，能活用"危机"的剧的效果，奏出舞台的写实主义之凯歌。他的作品有《父归》《海的勇者》《屋上狂人》《藤十郎之恋》《暴徒之子》《奇迹》等。其中，最有名的作品为独幕剧《父归》，内述一放荡之父弃子女与妻子而他适，自后，妻子抚育的儿各已成人，且长子已能支撑家庭的时候，父亲忽归；长子因忆过去父亲的放荡与无情，遂加驱逐，但一瞬以后即感后悔，就在这突嗟之间，表现了戏的最高点。

山本有三的戏曲极多，最有名的为《婴儿杀害》《坂崎出羽守》等，都充满了人道主义的思想。其他的作品，如处女作《津村教授》（三幕剧）描写卧病的津村教授知道了自己妻子和助手的①不免发生了无限的苦恼，在自爱与他爱的矛盾之相克中，深尝了人生的苦杯。这个剧的主题，正如教授弟弟所说一般："哥哥！生存这件事，真是残酷啊！"这里所说的生存之残酷，实是作者所企图表现出来的主题。总之，山本有三是个人道主义的作家，平淡地指摘着人生的否定面，加以解剖和指摘。

以上是小说家所作的戏曲，现在再来看一看前时代的剧作家，如中村吉藏等在大正年间的活动吧！

中村吉藏在大正年间发表了《井伊大老之死》《大盐平八郎》《星享》《地下室》以及《斗牛汉》等。《井伊大老之死》是描写英雄的长篇悲剧，《地下室》及《斗牛汉》等是个人主义或原始的社会主义之现代

---

① 此处似缺少内容。

剧。他在《井伊大老之死》《大盐平八郎》等剧里，认井伊大老、大盐平八郎、星享诸人，都是洞察时势的先觉者，惜因不被时势所谅解，构成了悲剧的生涯，使作着掬着无限的同情之泪。

铃木泉三郎是个富于心理描写的作者，著有《谷底》《次郎吉忏悔》《活着的小平次》等。其中以《活着的小平次》最为著名，此作将传说上的怪谲人物描成执着于生与欲的人间，将其心理机微地描了出来。《次郎吉忏悔》是以惊奇的眼光来看怪盗义贼的次郎吉，认为他是人情俛薄的人间，有丰富的心理剧的情绪。

长田秀雄在当时发表了抒情史剧《石山开城记》和《死骸之哄笑》等。《死骸之哄笑》描写一个有五个妾的男人，当他瞑目的时候，留有一张遗书，于是五个妾以为是财产的分配表，及至打开一看，原来内面是记述男主人的行状记述，他因妻子的不贞，遂致渡过半生的享乐生活，并且痛诉着社会的虚伪与丑鄙。其他尚作有《妊妇授产所》《被枪毙的林小尉》等。

小山内薰是个有名的剧运动人，但同时也是有名的剧作家，他著有《弃儿》《三人与三人》《主人》等，大抵是以现实主义为基调，是世相的素描——描绘出小市民和浪人等的日常生活。其他尚有以文化史为背景描出运命的悲剧的《森有礼》，反抗不满的现实、憧憬着美而垂亡的《千娘之悲剧》《吉田御殿》等，都有光明的现实主义之手法。

二、昭和时代的戏曲

昭和时代的剧文学与小说诗歌的倾向一致，以普罗列塔利亚戏曲占着最优越的地位，这种戏曲的演出，不仅是在剧场和各地舞台，有时还含有浓厚的移动的性质，像当时的皮箱（Trank）剧场，就是专以移动演剧为其唯一的特色。所谓皮箱剧场，即是意味着这一个剧团的道具只用一只皮箱，即可包罗殆尽，表现其简单的性质。从这一点看来，可以知道当时的演剧已由消极走上积极的地步，当作了教育训练大众的工具。

其实当时的演剧并不是全都那样简单，也有很多复杂而极卓越的演出，例如在筑地小剧场所举行的若干公演，有很多持有相当艺术的薰香的。

为了要说明昭和时代新兴演剧运动起见，我们有一述筑地小剧场的必要（虽然这是逸出于文学史的范围），因为筑地小剧场是昭和时代新兴演剧的摇篮。

在大正十二年，发生了关东大地震，毁灭了东京市内的大剧场，简直使当时的演剧运动失掉了复兴的机缘。但事实却和想象相反，东京靠着战后的景气，在迅速之间建设起来，剧场亦相继粗杂地建筑起来，开演各种戏剧。

大正十三年六月，演剧运动的指导者小山内薰，自欧洲考察演剧回国，遂与当时有进步思想的土方与志伯爵相议，创设了筑地小剧场，算是新兴演剧的大本营。

这个小剧场在开幕的时候，曾经这样地宣言道："在这个我们自由的研究所，同时是我们的舞台，其所上演的戏剧，非是为一般的民众不可，亦即我们的工作，非是民众们所必需的不可！我们抱着这种态度而从事于工作。"

筑地小剧场就在这个"演剧的实验室"之标榜下开始公演。第一回所演的,是大战后德国表现主义的戏曲《海战》,系轧林格所作,以后络续地上演了皮蓝德娄的《探寻作家的六个登场人物》、奥尼尔的《琼斯皇帝》、罗曼诺夫的《空气馒头》。将各国的名著,都络续上演,给与日本的剧坛以无限的新气象。

昭和三年,小山内薰突然逝世,于是筑地小剧场就濒于崩溃的现象,幸经董事会的维持,继续活动,直到昭和八年之前,简直成了普罗戏曲上演的大本营。

当时的新兴戏曲团体,有左翼剧场、新筑地剧团,以及守着小山内传统的筑地剧团,因着当时左翼运动的高涨,于是左翼剧团就与新筑地剧团连结起来,公演新兴的戏曲,如高尔基的《母亲》、雷马克的《西部战线平静无事》等。至于筑地剧团则上演了藤森成吉的《礠茂左卫门》、杜列却耶可夫的《怒吼吧中国》等,但是些剧团时有分裂缀演,尤其到了昭和八年以后,新剧的前途布满了荆棘,颇为可悲。到最近比较尚可称为进步的剧团的,只有以村山知义为首的新协剧团、佐佐木孝丸为首的新筑地剧团。

以上已约略地叙述了昭和时代的剧运动,现在再来看一看新兴戏曲的作者吧!

在新兴戏曲的作者中,大抵为小说家及诗人,例如村山知义、藤森成吉、金子洋文、前田河广一郎、三好十郎、贵司山治等人,其中最有名的为藤森成吉、村山知义、三好十郎诸人。

藤森成吉是个兼写小说的作者，处女剧作为《磔茂左卫门》，继之有以有岛武郎心中为题材的《牺牲》《什么使她这样》等。他的剧作，从初首就有极大的构想力，是他的唯一之特征。他的初期作品显露着感伤的社会观，但以后诸作，渐渐淘汰了是种气氛。总之他的作品，构成极佳，但对话因太叙事，遂致缺少艺术的滋润，使效果稀淡。只有《什么使她这样》这剧，却非常完整而美妙，这个题名"什么使她这样"甚至成了当时的口头禅，可见是剧势力的扩展。

村山知义是个卓越的导演家，同时是个剧作家，他的作品极多，尤其长于取材中国的作品，如以京汉铁路罢工为题材的《前线》、鸦片战争为题材的《最初欧罗巴之旗》，都是很有名的作品。这些作品，煽动的效果极大，不过缺乏作为"读的戏曲"之韵味。其他作品，尚有《东洋车辆工场》《志村夏江》，亦皆以阶级斗争为主题。

三好十郎本为诗人，但后来又转写戏曲，代表作为《被斩的仙太》，系采取幕末时筑波山的天狗党事件为题材，是以现实主义的方法表现出当时农民的思想之变迁。内述主人公仙太因时势之乱，流转为盗贼，屯居山里，与官军相抗，及后遭受种种波折，知道做盗并不是拔自己出泥潭的良法，于是复归乡为农，在明治自由党等的喧嚷的时势里感到救农民的只有农民的真理，所以在教育农民的意义上讲来，是出极佳的农民剧。其他的著作，尚有《炭尘》《受满伤的阿秋》等。

贵司山治亦为最近努力于剧作的作家，他的戏曲，多为历史小说的变形，以过去战国或幕末为背景，加以新的史观，重新评价当时人物或事件的价值,著有《石田三成》《洋学年代记》等。《石田三成》系描写丰臣秀吉家之旧臣石田三成受秀吉之托孤,与德川家康相斗争的史实,将一个无可奈何遭遇失败的石田三成之悲剧表现出来,含有浓厚的史的意义。

其他如金子洋文、前田河广一郎等人,因在小说篇中都已述及,在此皆加以省略。

至于与上述的新兴戏曲派相反,还固守着纯艺术的园地之戏曲家,则有岸田国士、番匠谷英一、真船丰等。

岸田国士为一纯艺术的剧作家,作品极多,处女作为《旧玩具》,以后又络续地发表了《纸球》《恋爱》《恐怖病》《温室之前》《牛山旅馆》《落叶日记》等。他的作品,因他受有极好的外国文学之教养,故亦见纯良,有若干法国的明朗之氛围气。不过他的初期作品,过于轻快,流于浮调,到最近则已渐有浓厚的醇性,技巧圆熟,前途颇为有望。且其提高剧文学的价值,是不可漠视的功绩。

番匠谷英一为一专门以古典为题材的作家,尤长于小说等之角色,如他改编《源氏物语》成六幕十七场的戏剧的有能腕。这部角色不但不失原作的精彩,并且更能发挥原作的长所,可惜因它有渎皇室的体面,致遭禁演。其他作有《毛虫与蜜蜂》等,系取材于平安朝的物语类,述一喜爱毛虫(蝶之幼虫)、不事化妆的公主,与一专门爱蜂的贵族公子之畸性的结合,其后女的则渐渐改变了性格,露出了女人的弱点——爱美、涂脂等——但男的在结婚之后,仍旧故我,一心地研究蜜蜂,遂使公主失望,所以这种戏剧,在心理分析上,有非常大的成就。

真船丰为目前最风行的剧作家，他的作品多是以光明的现实主义手法，描写些平常的世相，但他在观察时，其眼光却非常锐利，可以在平凡的事件里，看到一切的深意，其作风多简洁紧凑，毫不冗慢，著有戏曲集《鼬》等。

其他作家尚有伊马鹈平，他以喜剧见称。但多笑谈的成分，故缺少严格的艺术精神。

参考书（自第二十一章至第二十五章）

东京堂：《日本文学全史》

藤村作：《日本文学大辞典》

藤村作：《日本文学史概况》

高须芳次郎：《上代日本文学十二讲》《中世日本文学十二讲》

高须芳次郎：《近世日本文学十二讲》

吉泽义吉：《室町文学史》

高野辰之：《江户文学史》（上中）

阿斯吞：《日本文学史》

改造社：《日本文学讲座·演剧戏曲篇》

马芝斯：《世界各演剧史》

筱田太郎：《唯物史观近代日本文学史》

第五编 散文

第二十六章　古代散文

概　说

在日本文学史中,是以太古至奈良时代为古代,或称大和时代。这一时代的日本文学,始于文学发生之前,经记录发达时代,而入记载文学时代,以至于贵族文学的初期。这期间经过的年代极长,约有一千四百余年。兹分述古代各种散文。

一、祝词

祝词,为人民祈祷的一种神的文学。《古事记》上卷称它为"布刀诏户言"。《书纪》神代卷称它为"太谆辞",即"布斗能理斗"。它的最初制作时代,勘考极困难。因无确实的根据,臆说纷纭。六人部是香在他的《大祓词天津菅麻》一著中,基于《古语拾遗》《天书》《旧事本纪》等,为神武天皇时所传,推定它为神武天皇时代成立的,而以《大祓》《大殿祭》《御门祭》为最古。贺茂真渊的《祝词考》序,依于文体、用语等的考证,他说《出云国造神贺词》是作于舒明天皇朝。《大祓词》是在天智、天武两朝时代。《迁却崇神》《大殿祭》是持统、文武两朝代。《祈年祭》《广濑大忌祭》《龙田祭》等是奈良初叶。但都不过臆说,不甚可靠。唯有本居宣长一说比较最妥当。他在《大祓词后释》里说:"祝词,因时代之关系,有删修增减,唯其固定,当在'大宝令'之时。"总之,《延喜式》所收录的各篇,原有新古种种,欲将其制作时代一一推定,殆为不可能的事吧。

关于"祝词"一语的解释,有种种说法。原来,祝词的"祝"字,为尸祝、巫祝等的"祝";而在《文体明辨》里,如"按祝文者,飨神之辞也",是指祭神之词。然以解为"宣说言"的宣长之说,通行最广。查"祝"一字,为相当"宣""告""诏"等字义之语,和"告""述""伸"等属于同一系统的,即表示汉字"法""则""典""礼"等义之语。要之,为当祭祀,在神前奏上,或宣布于百官神职等词之义。

上面已经说过,祝词为基于上代民族间,通行极广的言灵信仰而发生,为以善言美辞叙述,欲得幸福的结果,祈请的祝言,或为咒禁之词发达而成的。祝词,原为上古集团的生活里,用于祭祀共同之神的祭仪之祈祷词。可是,国家统一后,随着中央集权制的确定,祭祀亦成为国家的了。朝廷掌管的祭祀,因以祈祷"皇室长久繁荣,国家安泰,国民无事幸福"为目的,用于那祭祀的祝词,自亦有适应其目的的形式与内容。如斯,经时代洗练的结果,遂成了上代的文学作品之一。

在国家祭祀的祝词成立上,必有如下的三要素:1.命令宣读的主体;2.受命的宣读者;3.受理它的客体。一般地,祝词为宣读天神的神敕,或"活神"的天皇之诏命的东西。宣读它的,为在掌管如像中臣、齐部祭祀官职的人。受理它的客体,主要的为神祇,有时为邪气、妖魔、恶灵等。普通称为祝词者,包含"寿词"。"寿词"有时也称为"吉词",为"吉利之言"的意思。因为,是以神代传下的善言吉词,言灵的活动,祝福"当今皇上"长久的东西;它的形式、内容都与祝词相似,因而没有区别的必要。把它作为普通的祝词,亦为极平常的吧。

上代的祝词,从文章的形式上看来,文末大概以两种形式结束,即:1."诸闻食止宣";2."称赞竟奉久白登"。前者为给予集合于祭庭的诸员宣读之宣命形式,后者为直接奏上神祇的奏上形式。宣命形式的祝词,主要者为中臣氏所属;奏上形式者,为齐部氏所属和中臣氏所属。齐部氏所属的祝词为数极少;它的形式仅限于奏上式。中臣氏所属的祝词为数很多,它的形式主要者为宣命形式。这是由于二氏职掌上不同的缘故。原来,二氏所掌职务是平行的,并无高下;后来,齐部氏被中臣氏所压倒,失了政治上的位置,而专门仕业于祭祀了。他所属的祝词于是自然只限于奏上式的了。

祝词的内容,一般地以祈祷皇室长久、国家繁荣和国民幸福为主。《祈年祭》是当时谷物种子的时候,而《月次祭》是当它成育时期,祈祷它们丰作和皇室安泰及国家、国民繁荣。《广濑》《龙田》两祭,是祈愿免除风水灾害,五谷丰熟;《神尝》《大尝》二祭,是以新谷供神,感谢丰作,且祈天皇长久。这是以农立国为基本的国家,最关重要的祭祀,是祝词主要的内容。关于祈愿玉体平安长久、宫殿安泰的,可见于许多祝词。但特别以此事为主的,是《大殿祭》《御门祭》《镇火祭》《镇御魂斋户祭》《迁却祟神祭》《道飨祭》诸篇。《大祓祭》为祓清百官以下,国民过犯之罪与秽的。《遣唐使时奉币》,则为祈祷遣外使节于道中安全。要之,祈祷的目的,是在增进现世生活的幸福,祓除邪恶,与爱光明和平和享乐现在,等等。

在文献上,最初看见宣奏祝词的记事,是《记》《纪》神代卷《天岩》屋户神话。《古事记》里,有中臣的远祖天儿屋命奏于天照大神的《布刀诏户言》。《日本书纪》里,有天儿屋命和齐部的远祖太玉命共同的祈祷。这时的祝词,尚未记录下来,只在《书纪》一书里,记着"广厚称辞祈启矣",及记着天照大神听召之后,说道:"未有若此言之丽美者也。"由此看来,可知上古的祝词,为连结善言美丽的东西。其次,在《古事记》的大国主命神话中,可见栉八玉神,掌管大国主命的祭祀,上奏大赞词。依其文辞,可以窥见赞美供仕神前的币帛和神馔是从来的惯例。寿词也是自古就有的,显宗天皇纪的《室寿词》,是出现文献中最古的东西。上古的祝词,依于以上所传者,可以略窥其大体,不过,上古的东西尚未有定型,且似乎只行于当时,而几为后世所不传。其后,及至祭式一定的时候,祝词自身也生出定型来了。可是,因它当初,尚未记为文字,只是传诵,所以传承时代,难免不经过几度的修改删定吧。祝词的如此固定,是在《大宝令》施行以后。即公元927年,藤原忠平、藤原清贯、大中臣安则、伴久永、阿刀忠行等五人奉旨编纂,将它收录时始。这是合并弘仁、贞观两式,加以整理,更将最新决定的增补进去因而做成的。收录于《延喜式》第八卷为现存的上代《祝词》，计有二十七篇。现将各篇名目，揭之于下：

祈年祭—春日祭—广濑大忌祭—平野祭—龙凤田风神祭—久度古开—六月月次（十二月准之）

御门祭—六月晦大祓（十二月准之）—镇御魂斋户祭—东文忌寸部献横刀时咒（四文部准之）—镇火祭

道飨祭—大尝祭—伊势大神宫—二月祈年六月十二月月次祭—丰受宫、同祭—四月神衣祭（九月准之）—六月月次祭（十二月准之）—九月神尝祭—丰受宫、同祭、同神尝祭迁却祟神—斋内亲王奉入时—迁奉大神宫祝词（准之丰受宫）—遣唐使时奉币—大殿祭—出云国造神贺词

此外，尚有平安朝末期，收录于藤原赖长记的日记《台记》别记里的中臣寿词一篇。又《延喜式》卷第十六及载于《朝野群载》的《追傩祭文》一篇。但《延喜式》收录的《东文忌寸部献刀时咒》一篇，为汉文之咒。又《追傩祭文》的前半，为汉文；中途起，始改用日本文。因这二篇的文体奇异，外来思想显明，所以，它不能被人重视，当然也不能和其他的祝词同样看待了。

祝词的表现特色，是努力于连接抽象的概念语句，注力于唤起漠然的广大感，又在重语叠句、冗漫之中，自己具备一种悠扬的风格而给予郑重感。因此，就在修辞上，也很少用譬喻和夸张的语句，而却注力于期待音律的快美，声调的庄重，多用如像列举法、反复法、对句

法之形式的修辞。像这样的祝词,随意取出任何一篇来看,思想是雄大的,形式是庄严的,声调是快美的。可是,如果通览各篇,因内容、组织、表现、修辞等,都是决于一定的型态,使人感到缺乏变化的单调。这便是比《古事记》《万叶集》的文学价值较低之所以。可是,祝词是上古国民叙述宗教感情的叙事的抒情文学,为后世没有的一种特别文学,在这一点上,它的价值永远不变。下面引用的是《大祓祝词》,原文用汉字表日本字的音,助词则用小字①表示,成为一种奇怪的文体。

《大祓祝词》原文:

> 集侍亲王、诸王、诸臣、百官人等诸,闻食止宣。天皇朝廷尔侍奉留比礼挂伴男,手襁挂伴女,韧负伴男,剑佩伴男,伴男能八十,伴男乎始氏,官官仕奉留人等乃过犯(家牟)杂杂罪乎,今年六月晦之大祓给比清给事乎,诸闻食止宣。

> 高天原尔神留坐皇亲,神漏岐、神漏善乃命以氏八百万神等乎,神集集赐比神议议赐比氏,我皇御孙之命波,丰苇原乃水穗之国乎,安国止平久知所食止事依志奉伎。如此依志奉志国中尔荒振神等(乎波)神问(志尔)问志赐比神扫扫赐(比氏)语问志,磐树立,草之垣叶(牟毛)语止氏,天之盘座放,天之八重云乎,伊头乃千别尔千别氏天降依志奉伎。如此久依(左志)奉志四方之国中登大倭日高见之国

---

① 小字部分用括号标出。

乎,安国止定奉氏,下津盘根尔宫柱太敷立,高天原尔千木高知氏,皇御孙之命乃美头乃御舍仕奉氏,天之御荫,日之御荫止隐坐氏,安国止平(志久)所知食武,国中尔成出武天之益人等我过犯(象车)杂杂之罪事波天津罪止畔放、沟埋、樋放、频莳、串刺、生剥、逆剥、屎户,许许太久乃罪乎,天津罪止法别(气氐)国津罪(止八)生肤断,死肤断,白人,胡久美,己母犯罪,己子犯罪,母与子犯罪,子与母犯罪,畜犯罪,昆虫乃灾,高津神乃灾,畜仆志,蛊物为罪,许许太久乃罪出武。如此出波天津官事以氐,大中臣,天津金木乎,本打切末打断氐千座,置座尔置足(波志氐),天津管曾乎,本苅断,末苅切氐,八针尔取辟氐天津祝词乃太祝事乎宣礼。如此久乃良波天津神波天盘门乎押波氐,天之八重云乎伊头乃千别尔千别氐所闻食武。国津神波高山之末,短山之末尔上坐氐,高山之伊穗理,短山之伊穗理乎拨别氐,所闻食武。如此,所闻食(氐波)皇御孙之命乃朝建乎始氐天下四方国(尔波)罪止云布罪波不在止科户之风乃天之八重云乎吹放事之如久朝之朝雾,夕之御雾乎朝风夕风乃吹扫帚事之如久,大津之边尔居大船乎舳解放,舻解放氐大海原尔押放事之如久,彼方之繁木本乎烧镰以氐打扫事之如久,遗罪波不在止被给比清给事乎,高山之末,短山之末(与理)佐久那太理尔落多支,速川能濑坐须濑织津比咩止云神,大海原尔持出(奈武)如此持出往波,荒盐之盐乃八百道乃八盐盐道之盐乃八百会尔座须速开都比咩止云神持歌吞（氏牟）。如此久歌吞（氏波），气户坐须气吹户主云神，根国，底之国尔气吹放（氏牟）。如此气吹放（氏波），根国，底之国尔坐，速坐须良比咩，登云神持，须佐良比失（氏牟）如此失（氏波），天皇我朝廷尔仕奉留官官人等始氏，天下四方（尔波），自月始氏罪止云罪波不在止，高天原尔耳振立，闻物止马牵之氏，今年六月晦日夕日之降乃大祓尔祓给比清给事乎诸闻食止宣。四毛国卜都等大川道尔持退氏祓却止宣。

下译文：

聚集于此的亲王、诸王、百官人等，其洗耳倾听：因使臣僚伺从、男男女女、负弓者、佩剑者，洗净他们的罪过，故举行六月晦日的大祓。

高天原的男女神祇祖先，曾召集八百万神祇聚议，议定以治理丰苇原水穗国（即日本）任务托付于皇孙（按即迩迩艺命）。故必先扫荡丰苇原的恶徒，将悖逆皇命的凶恶神祇，一一审讯而驱逐之。俟国内泰平，即一草一木，均安静无扰，乃排云雾而使皇孙降临下界。

皇祖所赐各地，以大和国为最丰饶，遂择定此处，营造庄严的宫殿，坐镇其内，以宰治天下。国内人民，年年繁殖。因将人民所犯各罪，别为二种：凡毁稻田区划（原文，畔放），塞堵水沟(原文,沟埋),毁稻田水渠(原文,樋放),下种重叠(原文,频苛),以木签插田泥内(原文,串刺)(按:以上为妨害农业之罪)。是曰天罪。

凡断生物肢体(原文,生肤断),断死者肢体(原文,死肤断。按以上为肢体伤害罪),白人(Sirobito,即皮肤毛发皆白之谓),胡久美(Kokumi,患赘瘤有肉下垂之谓)(按:以上为疾病,患者使他人生不快之感,故有罪);母子相通罪,淫其母次及其女之罪,淫其女次及其母之罪,畜淫罪(指与畜淫或淫畜之罪)(以上为性的犯罪);受蜂螫等之害,受雷神之灾,受鸟之害(虫鸟害人,必受害者获罪于神,故有罪);杀家畜(原文,畜仆)(因虐待生物,故有罪);诅咒他人(使他人生活不安,故有罪)。是为国罪。

此二种罪过,发现于人民间最多。凡诸罪发现时,即依高天原仪式,由大中臣(官名)以各种丰厚的祭物供奉,朗诵祝词。祝词既达上天,天神乃启"天之岩户",排除重叠的云雾以纳之,国神亦在高低各山上,排烟霞以纳之。

祓除以后,皇孙朝内以及四海人民,得免罪过。洗清罪恶,有如疾风吹散云雾;如泊于港湾的巨船,解缆以入于海;如以火中锻炼的利刃切断厚重之木,一切罪恶悉净。被祓除的罪恶,有坐镇于高山流下的急湍上的濑织津女神驱之入于大海。诸罪既入海中,有速开都女神悉吞灭之。

又有气吹户之神吹诸罪入于幽冥,居幽冥界的速佐须良女神乃吹散毁灭诸恶。诸罪既灭,自王公以至四境人民,自此以后,悉免罪愆。

诵此祝词者,须朗声使四方悉闻。经此禊祓,六月晦日以后,诸罪皆得解脱。

[注]译文括弧内的注解,为译者所加。

二、宣命

宣命,是为了和用汉字写的诏敕区别,对用日本语写的诏敕特别的称呼。《续日本纪》卷十,神龟五年三月(公元726年)条,有如下一章宣命的文字:

丁未、制、选叙之日,《宣命》以前,诸宰相等,出立厅前,宣竟就座,永为恒例。

由此可以知道,宣命为宣布敕命之意。它的本质,因为和汉文的诏完全是同一的。所以,在《续纪》里,当记载这宣命时,记为"诏曰"或"宣诏曰"或"宣敕曰"。宣命,古来用之极广,平安朝以降,只限于神社山陵的告文和册封皇后、立太子、任免大臣的节会及任僧纲天台座主、丧家的告文等用之;此外,概是用汉文体的诏敕。因为,到了后来,汉文在日本兴盛,日本皇帝下的诏谕都改用纯粹的汉文了。所以,宣命也和祝词一样,成了日本最古的散文,即所谓"宣命"体。

上代的宣命，见于《续日本纪》的，从第一卷文武天皇元年（公元697年）八月即位时起到卷四十延历八年（公元789年）九月的诏敕，有六十二章。这是上代的宣命留存现在的主要的文献。可是，见于《日本书纪》的，已经不是宣命体，而是汉文写的诏敕，因为《日本书纪》是完全用汉字写的，也许是由编者改译的吧。《续日本纪》里，从文武天皇到光仁天皇的宣命，纯粹是奈良时代的制作。

诏敕文案的工作，是中务省所掌管。由下面的两例可以看见它制作的过程。

> 职员令
> 大内记二人，掌造诏敕，凡御所记录事。
> 贞观仪式，让国仪之条
> 大臣召内记，令作让位宣布，讫先以草案就内侍奉览（若有可损益者，据敕处分笔）返赐，大臣复本所，令书黄纸，插忄书杖祇侯云云。

宣命的形式，规定于公式令，兹举一二例于后。将大事宣谕于蕃国使臣的，开首的一句是：

> 明神御宇日本天皇诏旨云云。

又，用于朝廷大事即册封皇后、立皇太子、元旦受朝贺之类的是：

> 明神御大八洲天皇诏旨云云。

从实例看来，大概是依从这公式令的规定。自然，其中不是这样的也有。

所谓"明神"，是譬喻的话。从日本古代思想说来，天皇并非是神。因有与神同样威德之感，特从神的本性中，除去目不能见的性质，而冠上所谓"明"的限定辞。明神在宣命中的地位，仿佛祝词里的天神。以圣旨的神语之力，作为明神的主体尊言宣布的，这便是宣命。

宣命的种类，最一般的，是将即位、立后、改元及其他皇室、国家的大事，宣布一般臣民，可是，教戒特定的人（第十七诏、第十八诏及其他）或吊问死（第五十一诏等）的也有。又，上奏神或佛的（第十五诏、第十二诏等）或天皇奏上太上天皇，太上天皇奏闻天皇的（第九诏、第十诏等）也有。

宣命，因为一般是以宣布为主，所以，它的诵读法，也很重要。就在下面的例，亦可察见。

《三代实录》贞观九年之条：

> 亲王能用奏寿宣命之道，音仪词语，足为模范，当时王公，罕识其仪，敕参议藤原朝臣基经，大江朝臣音人等，就亲王六条亭，受习其音词曲折焉。

通观全体，从内容上，可以发现宣命有如下的特色。

第一，以国家为中心，在君臣之间，保有和平如亲子的关系。原来，宣命便是天皇的金言，而不是臣民的话语。天皇常以国家为中心，轻视自己，且常慎惧在位，为着臣民，集思远虑，对功臣怀感谢之念，对叛逆忍从而使之反省，若与反省仍无改悔，为国家不得已而加制裁，然尽可能将制裁减轻。在这里，可以想见，听读诏谕的臣民，感泣而立誓尽忠的事。奈良时代末叶，政治史上的种种黑暗，见于历史的这些事实在宣命上，多少也能看见。天皇的心，如火燃热，常以国家为中心，爱民如子。像这样的，是日本固有国家思想云。

第二，宣命在以如斯固有之美的君臣关系为基础而作的思想下，外来思想的影响，也如祝词，颇为多见。外来思想中特别是以佛教思想，最为显著。且与以从来之神为中心的思想，常常对立；有时候，重佛有甚于神；又有时使佛与神融合，而表示神佛融合的观念。在这佛教思想下，道家思想、阴阳思想等也常可见。

第三，从宣命的形式看来，在所谓帝王的金言一点上，全体的形式，有如祝词，整齐而统一。文词艳丽、文体严谨、语调流畅，使人听之感动。唯不如祝词的爱用对句和枕词等，故比祝词更加富有散文的性质。

上古六十二章的宣命中，以天武、孝谦、文武三帝即位，圣武天皇神禹六年（公元729年）册立皇后，光仁天皇宝龟二年（公元771年）藤原永手死时，皇帝所赐的宣命较有价值。现在把它译之于下，以见一斑。

兹奉　旨宣读,天皇哀吊藤原左大臣之词。天皇钦言命大臣明日来此朝见服官,正当等待,然大臣已逝,不复再来,朕闻大臣先朕而逝,觉此消息或为妖言,或为痴言,若果属真,则彼所就之太政官之政事,宜托谁人?宜授何人?哀思其死,殊觉恨痛悲哀,今后有谁复与朕相谈?有谁可为朕咨询?哀念以上诸事,朕悔恨悲痛,唯有哭泣耳。

谨宣读天皇钦言于上。

三、《古事记》

若要知道《古事记》及《日本书纪》是如何成立,首先不能不知道日本修史事业的由来。

随着文化的发达,汉字的传到日本,一般有教养的人都发生了这样的希望,想把口传的上代史传记录下来,借以流传。这是大家痛感必要的事情。《日本书纪》有如次的记载:

四年秋八月辛卯朔戊戌,诸国始置国史,记言事,以达四方。

履中天皇四年(公元403年)八月八日,诸国始置国史。这所谓史者和今日的历史意义不同,当时,诸国配置了写文章的人,即所谓书记官。这未必是书记历史的吧。因为,他的任务只是将地方发生的种种事情、种种意见报告中央,使之传达,或者在国与国之间,有交换文书的必要时,他便是掌管这文书的官吏。饭田武乡在《日本书纪通释》解释这节文章是:

> 此时之记,是记各国风土,专于此项记载者。故平田翁亦引此文,说此为风土记,盖虽记有诸国之言与事,然其所记志,为风土记体,此为极显明者也。

总之,自没有此项任务的人以来,便在这里留下了公的记录。至于这些人们,是否更做地方史传及传说之类,没有文献可考,不能臆断,但至少在官之记录外,也有那对文学持有兴趣的人。其中,也许多少有执笔为文,鼓吹地方文学趣味的吧。

这样,记录、文书之类,次第留记下来了。更由断片,进而形成卷册,兴起了著作般的机运。

推古天皇时代(公元592—628年)依于这样的文化进展,就在文学方面,亦是种种著述勃兴的时代,圣德太子在这精神文化方面,留下了不少的业绩,在推古天皇十七年至二十二年之间,有《三经义疏》的伟著。至于史书的编纂,可见于《日本书纪》推古天皇卷二十八年(1280年)之条。

> 是岁,皇太子与岛大臣共议,录记《天皇纪》及《国记》,《臣连伴造国造百八十部并公民等之本记》。

这是出现于国史的，最初看见的修史事业。在这里，记有三种书名。《天皇记》，是记载皇家历代的事。《国记》，是记载开天辟地以来，日本历史神话和传说之类。《臣连伴造国造百八十部并公民等本记》，是记载关于臣下各氏族之系统等的。这书，今已失传。现存《旧事本纪》，虽称圣德太子编撰，实乃伪书，不能轻信。皇极天皇四年（公元1305年）苏我虾夷等伏诛，上奏：

《天皇记》《国记》等国宝，悉被焚烧，船史惠尺急取被焚国史，奉献中大兄（后之天智天皇）。

当时，仿佛幸赖船史惠尺的功劳，国史得免烧失，但新撰氏录序，记此事："国记，皆焚。"似为完全烧失了。且同书在其后，记曰："天智天皇储宫也，船史惠尺奉进烬书。"仍记与书记同趣事。总之，圣德太子编纂的史书，早已湮灭，无传于后世。

《日本书纪》天武天皇卷，天武天皇十年（公元1342年）之条，关于圣德太子的编撰，有如下的记载：

十年三月庚午朔丙戌，天皇御于大极殿，以诏川岛皇子、忍壁皇子、广濑王、竹田王、桑田王、三野王、大锦下上毛野君三千、小锦中忌部连首、小锦下阿昙连稻敷、难波连大岛、大山下平群臣子首，令记定帝纪及上古诸事，大岛子首亲执笔以录焉。

这次,是许多的人合编,而且,天皇自己登大极殿,诏敕皇子诸臣撰定,是一种公式的编纂。这种经年累月修史的事业是盛大地进行了。可是,这事业果然成功与否,仍是疑问。但《日本书纪》是整形于这时的东西。这书,也包含《帝纪》及上古诸事的二个性质。《帝纪》,当是推古天皇二十八年修史时的天皇记,上古诸事,因当其国记,臣民的记录是被省略了。即公式的编撰是以皇室为中心,因是集录关于事、国家的传说历史,对于臣民及地方的部分,便一概委之于别个记录了。至此,有了记载皇室及以国家为中心的传说,历史与臣民的家系之氏文,采集地方传说的风土记之分类。

如上所述,修史之业累积,而遂编撰成了现存的最古日本国史——《古事记》。

关于《古事记》的成立,就看太安麻吕记的这序文(上表文)也很明白。

> ……兹奉天皇诏曰,朕闻诸家所传《帝纪》及《本辞》,既违正实,复多虚伪,当今之时,若不改其失,则未经几年,其旨欲灭。斯乃邦家之经伟(纬),王化之鸿基。故惟撰录帝纪,讨核旧辞,削伪定实,欲流后叶。时有舍人,姓稗田,名阿礼,年正廿八。为人聪明,过目成诵,拂耳勒记心。即敕语阿礼,令习帝皇日继,及先代旧辞,虽然,违移世异,未行其事。(中略)惜旧辞之误忤,正先纪之谬错,而于和铜四年九月十八日诏臣安万侣,撰录稗田阿礼所背诵之敕语旧

辞，谨以献上云。

天武天皇十年编撰的《帝纪》及上古诸事和使稗田阿礼习诵的帝皇日继及先代旧事，不明究有何种关系，但非同一事件却为事实。天武天皇于壬申之乱平定后，即用意于文治，而令太安麻吕编纂这官撰的史书。

原书共分三卷：第一卷最富艺术的价值，叙日本建国神话与传说；第二、第三两卷，则叙历代的史实与传说。因为这是一部日本神话传说的总集，包含战争、恋爱、动物、英雄的传说等，所以，直至今日，对于《古事记》是什么，还是意见纷纭。总观各家意见，约分如下五种：

1. 是神道的书；

2. 是神话、传说的书；

3. 是文学书；

4. 是政治意识的书；

5. 是历史书。

这五种说法，都各有它成立的理由，因为一部《古事记》确实包含了那各种部分，但却只是部分而已。真正能够配称全部的，只有历史书一说最为相称。因为，从1到4都是只能说明一部分。第3点，即为文学书之说，虽最有力，但从构成时间种种方面说来，都难确定，因为它不是著者想象的产物，而是记述的历史事实。更何况从那编纂的性质和编纂的目的，都有历史，如上所述的记载。

《古事记》的文章,是以记事为主,中间插入歌谣。那时的文字还未完全,所用的文字是很异样的,以表音的汉字与表意的汉字混合着使用,正如编纂者的《进书表文》里所说"或一字之中交用音训,或一事之内全以训录"是很难懂的。后来经过许多学者的校注诠译,才易于阅览。现摘录原书的首四段为例,并附译文。

天地初发之时,于高天原成神名。天之御中主神,次高御产巢日神,次神产巢日神,此三种神者,并独神成坐而,隐身也。次国稚如浮脂而,久罗下那洲多陀用币流之时,如苇牙因萌腾之物而,成神命。宇麻志阿斯诃备比古迟神,次天之常立神,此二柱神六独神成坐而,隐身也。

上件五柱神者别天神。

次成神名,国之常立神。次丰云上野神,此二柱神亦独神,成坐而,隐身也。次成神名,宇比地迩神,次妹须比智迩神,次角杙神,次妹活杙神,次意富斗能地神,次妹大斗乃辨神,次淤毋陀琉神,次妹阿应诃志古泥神。次伊邪那岐神,次妹伊邪那美神。

上件自国之常立神以下,伊邪那美神以前,并称神世七代。

于是天神谐命以,诏伊邪那岐命。伊邪那美命二柱神,修理固成是多陀用币流之国,赐天治矛而,言依赐也。故二柱神立天浮桥而,指下其治矛以画者,盐许袁吕许袁吕迩画鸣而,引上时,自其矛末垂落之盐,累积成岛,是淤能棋吕岛。

于其岛天降坐而,见立天之御柱,见立八寻殿,于是问其妹伊邪那美命曰:"汝身者如何成?"答曰:"吾身者成成不成合处一处在。"尔伊邪那岐命诏:"我身者成成而成余处一处在。故以此吾身成余处,刺塞汝身不成合处而,以为生成国土奈何?"伊邪那美命答曰:"然,善。"尔伊邪岐命:"诏然者与汝行回逢,是天之御柱而,为美斗能麻具波比。"如此云期,乃诏:"汝者自右回逢,我者自左回逢。"约竟以回时,伊邪那美命,先言:"阿那迩夜志,爱袁登古袁。"各言竟之后,告其妹曰:"女人先言不良。"虽然久美度迩兴而,生子水蛭子,此子者入苇船而流去,永生淡岛,是亦不入子之例。

译文:

天地开辟时,生于高天原的诸神,其名为:天之御中主神,高御产巢日神,其次为神产巢日神。这三位神均是独神,又为隐身之神。

此时世界尚未成形,如同浮脂,又如水母,飘浮不定,此时有物如苇牙萌长,便化为神,名曰宇麻志阿斯诃备比古迟神,其次为天之常立神。这二位神也是独神,且为隐身的神。

以上五尊神为别天神。

其次成长的神,名为国之常立神、丰云上野神,这二位神也是独神,且为隐身之神。其次成长的神,名为宇比地迩神,妹须比智迩神;其次为角杙神,妹活杙神;意富斗能地神;妹大斗乃辨神;淤毋陀琉神,妹阿应诃应古泥神;伊邪那岐神,妹伊邪那美神。

以上自国之常立神迄伊邪那美神,并称为神世代。

于是天神诏伊邪那岐、伊邪那美二神,命他们去造成那漂浮不定的国土,赐天之琼矛。故二神站在天之浮桥上,把琼矛插进水里搅动,提了上来,从那矛尖流下的海水,凝结成为一岛,是曰自凝岛。

二神遂降至岛上,建立天之御柱,造八寻殿。伊邪那岐问其妹伊邪那美曰:"你的身子是怎样长成的?"答曰:"我的身子都已长成,但有一处未合。"伊邪那岐神曰:"我的身子都已长成,但有一处多余,现以我的多余处,刺塞你的未合处,怎样?"伊邪那美答曰:"唯。"伊邪那岐神曰:"我和你绕着天之御柱走去,相遇时行房事。"约定后,又曰:"你从右转,我从左转。"约好后,正绕柱行走时,伊邪那美先道:"呀,一个好男子!"伊邪那岐说道:"呀,一个好女子!"说过之后;伊邪那岐向其妹说道:"女人先说,不良。"但仍行闺房之事,生水蛭子,将此子放在苇船里,让他漂流。次生淡岛,此子也不列入子女数内。

上列译文里面,写到伊邪那岐神与伊邪那美神交合处,是很天真朴质的。万物的原始,全在于爱欲。原始的民族,他们还没有披上道德、伦理的外衣,所以会大胆地说出来。上例不仅只作原文与译文的对照观,也可以略窥《古事记》的艺术的优点了。

《古事记》的精华全在神代卷(第一卷),可作日本民族的建国传说读,任摘出其中的一段,均可敷衍成一篇有趣的传说。建国传说的内容,略述如下——

> 当天地混沌,山海未成形,日月也还未照临大地的时代,有男神伊邪那岐、女神伊邪那美二神和天之御中主神等,奉令造成国土。二神拿了神赐的天治矛,立在天浮桥上,用矛搅下界,从矛尖滴落下来的水,凝固成形,就成了自凝岛,此岛为二神生殖的灵地。二神住居岛上,努力于国土的成长。先生水蛭子,神把他放在苇船里,任他漂流;次生淡岛,也不列入子女内。后生十四个大八岛国与三十五柱神祇。伊邪那美产最后的一个神时(此神为火神,名火之迦具土神),下身为火烧,遂死。伊邪那岐失了爱妻,哀恸之余,不觉大怒,拔了十拳剑,斩了火神,从火神的血里又生出了许多神出来。伊邪那岐虽然掌着造化作用,却尚不能忘记他的妻子,便到黄泉去寻她。女神知道他来了,走出殡殿来迎接。他对女神说,我们制造国土,尚未成形,你何不同我回去,完成工作呢?女神答道,我来此处,自己是不能够作主的,让我和黄泉神商量去吧?说毕,女神便进殡殿去

了。伊邪那岐在外面等了许久,不见女神出来,他犯了"不可窥视"的禁律,无意地向殿里一看,只见女神的身上,有蛆虫涌出,有八个雷神在她的身旁。伊邪那岐见了大惊,便想逃回来。女神怒他犯了"不可窥视"的禁律,派了豨母都志许卖来追。他见志许卖追近了!就取了发鬘掷去,那鬘变成了野葡萄,志许卖见了葡萄,就摘了吃,伊邪那岐才得脱身。志许卖吃了葡萄,又赶来追他,他拉下栉上的齿,向志许卖掷去,那栉齿变成了竹笋,志许卖见了竹笋,又去取食,伊邪那岐又逃开了。女神知道他已逃远,又命八个雷神率领黄泉军来追。伊邪那岐挥着宝剑,逃到幽明两界交界处,他取了三个桃子,向追兵掷去。黄泉军被掷退了。伊邪那岐移了一块大石,塞住到黄泉去的路口。女神随后追到这里,不能前进。伊邪那岐隔着大石,向女神道:"我们的缘分已尽,以后长别了。"女神道:"你和我断绝关系以后,我将使你国里的人,每日死亡一千。"伊邪那岐答道:"你死我的一千人,我就生一千五百人。"后来伊邪那岐到橘小门去洗净黄泉国的污秽,洗左眼时,生了天照御神;洗右眼时生了月读命;洗鼻子时,生建速须佐之男命(注:一名素笺血鸣尊)。

伊邪那岐生了三个神,心中大喜。他命天照御神统治高天原,命月读命统治夜食国,命建速须之男统治海原。天照御神和月读命肯听伊邪那岐的话,只有建速须佐之男命时时想到黄泉国去看他的母亲,因此悲泣,他的宏壮的泣声震撼山河，父亲大怒，决心赶走他。建速须佐之男命不得已，便到高天原去访他的姐姐天照御神去了。

建速须佐之男命行路时，山摇地动，到了高天原，天照御神防他有什么异心，整顿军马迎接他。天照御神问他为什么来高天原。他说自己想去会母亲，父亲不许，所以不愿回转海原，特意则高天原来。天照御神听了，就叫他拿出证据，于是他就发誓。后来从建速须佐之男命的剑上生出了三个女神，从天照御神的勾玉生了五个神。他生了美丽的女神，就足以证明他的心地是光明的。建速须佐之男命自此以后，渐渐骄傲。他对于农人的耕种，时加妨害，又遗秽在新谷殿上。天照御神对于弟弟的行为，一向都待以宽大，不去责备他。他因此更加残暴，有一天，天照御神在屋里织布，他从屋穴把活剥下来的斑马皮投进屋内，天照御神受惊，便走进天之岩户，不复现形。于是高天原与苇原中国等处都失了光明，恐怖的黑幕遂笼罩各地了。

邪神跳梁，天地黑暗很久。诸神眼见世界沉沦，很希望天照御神复出。诸神商量的结果，把勾玉、白布、麻布等装饰在神木上，建立在天之岩户前面，朗声诵祝词，天宇受卖命又按拍跳舞，大家快乐的祈祷。天照御神听着了，心为之动，开了天之岩户，偷看下面，被手力男神瞧看了，便赶忙把她拉出来，于是世界才得重见光明，邪神也销声匿迹了。诸神互相庆贺，是不用说的。八百万神祇集议之后，把建速须佐之男命的手足、指甲拔掉,赶他出高天原。

说到这里,神话的舞台,要转到出云地方去了。建速须佐之男命被逐出高天原,他流落在出云的肥河附近,名叫鸟发的地方。在那里遇着一对老夫妇。老夫妇告诉他说,高志地方有一条八首(八岐)大蛇,年年害死少女,现在轮到他们的女儿栉名田姬去做蛇的牺牲,他们因此悲伤。建速须佐之男命听了老夫妇的话,对于他们的女儿很表同情,憎恶大蛇的残暴。他又问大蛇是个什么模样,老夫妇畏怯似的说道:"此蛇有八头八尾,身上长着青苔树木,长亘八谷八峰,腹现赤色,已经腐烂。"建速须佐之男命听了,并不惧怕,他打定主意,去杀了大蛇,把少女救出。他准备了许多酒,放在门外,等待大蛇。大蛇来了,见酒就喝。大蛇醉了,建速须佐之男命拔了腰间的十拳剑,去砍大蛇。斩蛇尾时,刀锋忽缺,他仔细切开蛇尾,见里面有一口宝剑,他便收为己物,即是后来的草薙剑,又名丛云剑。

建速须佐之男命斩了大蛇,他便和栉名田姬结婚,住于出云。造宫殿时,他见有庆云笼罩宫殿,便吟了一首短诗,歌曰:

夜久毛多都,
伊豆毛夜币贺岐,
都麻棋微尔,

夜币贺岐都久流，

曾能夜币贺岐哀。

（歌意）
造了宫殿，

夫妇同居，

庆云升起了，

笼罩着宫殿

如重重的绫垣。

后来夫妇之间生了一个男神，名叫八岛士奴美神，生了一个女神，名叫须势理姬，过着和平的日子。神话中有名的大国主命便是他的女婿，现在要讲到大国主命了。大国主命的神话，以他的恋爱故事为序幕。

他听说稻叶地方有一个美人，名叫八上姬，他想去向她求婚，同时他的哥哥八十神们也想得八上姬为妻。弟兄抱着相同的目的，便首途了。大国主命年纪最幼，人最聪明，他的哥哥们（总称为八十神）都恨他，嫉妒他。八十神叫他替他们担行李。因为行李很重，八十神们都走在前头，他一个人落后。八十神们来到因幡国的气多海岸，看见草里有一匹脱了毛的白兔，正在哭泣，他们便走近兔的身边，问道：

"你为什么变成这模样了?"兔答道:"我是隐岐岛的白兔,被大水冲流到此,我想渡海回去,但是没有船只。于是,我想了一条计策。我对海边的鳄鱼说,你们的族类没有我们的多,那鳄鱼不服,硬说他们的族类比我们的多。我就骗他说,除非你把你们的族类通统叫出来,我才肯信。那鳄鱼不知是计,便去叫他们的同族来浮在海上,我便从鳄鱼的背上渡过海去,后来鳄鱼怒我欺骗他们,便咬伤了我,我请你们发点善心救救我吧!"

八十神们原是恶神,听了兔子的话,心中便想捉弄兔子,故意说道:"原来如此,那是真可惋惜了,快莫哭泣,我们教你即时止痛的方法。你快些到海水里沐浴,再走到石岩上让风吹干,痛可以止住,皮肤也可以复原了。"兔子想他们的话是真的,连声称谢。他到了海水旁洗了身体,再到石岩上去吹风。他却不晓得海水是咸的,被风吹干了,皮肤裂开,痛得要命,比先前更加厉害了。兔子不能忍耐,只得在地上打滚。这时大国主命走过那里,看见兔子的模样,他就问兔子何故如此。兔子一五一十地将前后的事告诉他。大国主命听了,觉得兔子十分可怜。他教兔子快点到河里去用清水洗净身体,再把河岸旁生长着的蒲草的穗,取来为兔子敷在身上。一刻工夫,痛止住了,毛渐渐复生了。兔子大喜,走到大国主命面前,说了许多感谢的话,他跳着走进森林里去了。

八十神们到了八上姬那里,他们要求八上姬道:"请你在我们之中,挑选一人,做你的夫婿。"八上姬见了他们,知道他们的为人,拒绝了这个要求,他们羞恼成怒,便迁怒到大国主命的身上。大家商量道:"她不愿意嫁给我们,就是因为有那不洁的大国主命跟了来的原故,这厮好不讨厌,让我们来惩治他。"有的说,不必如此,等我们回转出云国后,将他杀了完事。后来大家回转出云国,他们便商量杀害大国主命的方法。他们想了一条计策——将郊外的一株大杉树劈开,在空处加上一个楔子。叫一个人去骗大国主命同到野外游玩。到了野外,有一个说道:"好宽阔的原野呀!什么地方是止境呢!"有的答道:"不登到高的地方去看,怎么会知道呢。你们看那旁有一棵大杉树,大国主命!你快点爬上那棵树上去,看看原野有几何广阔。"大国主命不知是计,答应一声,便走到树下,慢慢地爬上树去。众人等他爬到劈开的地方,趁他不留心,便将夹住的楔子取去。大国主命被夹在树上,动弹不得,看看生命危殆。八十神们看了,哈哈大笑,各人走散。大国主命的母亲在家里见儿子出外,许久没回来,便出外寻他,寻了许久,在杉树里寻着了,赶忙抱他下来,将他救活。八十神们知道他没有死,又想出一条"红猪"的计策来害他。他们一群里有五六个,走到山里去,用火烧一块大石头,烧得红了,叫一个人去告诉大国主命:"对面山上有一只红猪,我们从山里赶它下来,你可在山脚将它抱住,要是你放它逃走了,我们就杀你。"大国主命听说,怕他们打他,只得答应了。他跟在八十神们的后面走去,走到山下,他一人在山脚等那红猪下来。后来红猪从山上滚来了,他赶忙抱住,这一来他就被石头烙死了。八十神们见自己的计策已经成功,大家一哄而散。大国主命的母亲见儿子又没有回来,她出外寻觅,去到山脚,见自己的儿子烙死在地上。这次没有法可以救他生还了。她想除了去求救于高天原的诸神,是没有人能救的。她到了高天原,哭诉八十神们害死她儿子的情形,神们听了,觉得惋惜,就差了蛤姬、贝姬二位女神去救大国主命。她们到了山下,贝姬烧了贝壳,碾成粉末;蛤姬从口中吐出水沫,将贝壳粉替他敷治,后来大国主命便活转来了。他的母亲大喜,教训儿子道:"儿呵!你做人过于正直了,所以处处吃亏。如你仍在这里,终有一天被他们害死,不能逃生,你快些逃到建速须佐之男命(即素盏呜尊)住的地方去吧。"(注:建速须佐之男命,现住于根坚洲国)他趁八十神们没有察觉的时候,悄然离开出云国,到根坚洲去了。

大国主命到了根坚洲,就住在须佐之男命的宫里,须佐之男命有一个女儿名叫须势理姬。她会见大国主命,见他一表人才,心中暗暗羡慕。有一天,她在父亲的面前称赞大国主命的相貌。须佐之男命知道大国主命是一个诚实的人,他有把女儿给他为妻的意思。既而他想起一个人只是诚实,没有什么用处,必须要有勇气才行,所以他故意先使大国主命受些苦楚。有一天,他叫大国主命来,对他道:"你今晚须去睡在有蛇的屋子里。"大国主命遵他的吩咐,便向有蛇的屋子走去。须势理姬在旁替他忧急,她趁父亲没有看见的当儿,她便跟着大国主命,她问他:"你不怕蛇么?"他说一点也不怕,说时就要走进屋子去。须势理姬急忙止住他道:"屋子里的蛇不比普通的,是大而且毒的蛇,进去的人从来没有生还的。我给你一样东西,蛇近你的身旁时,你向它拂三下,蛇就不来伤害你了。"大国主命接过了避蛇的东西,就走进屋里去。果然有许多蛇围拢来,他用"避蛇"拂了三下,他蛇不来害他。到了翌日,他安然出了屋子,须佐之男命为之惊异。这一次他又叫大国主命进那有毒蜂与蜈蚣的屋子里去。须势理姬又拿避毒虫的东西给他,他又安然出险。须佐之男命见他无事,更是惊讶,他另想一条计策。野外有一丛茂林,林中的草,比人身还高,他射了一支箭到林中,叫大国主命去拾了回来。大国主命听了他的吩咐,便走进林子里去寻那枝箭。须佐之男命见大国主命走进林内,叫人四面放火。大国主命见四面是火,呆立不动,这时有一只老鼠走来,它对大国主命说道:"里面宽外面窄。"他听了老鼠的话,料想里面必有藏身的地方。便用脚蹬踏地上,地面被他一踏,泥土松了,现出了一个洞,他便跳进洞里去藏躲。火烧过了,他才从洞里出来。不料先前走过的那只老鼠,口中衔着一支箭走来了。他见了大喜,拿了那支箭,便回来了。这时须势理姬正在忧心流泪,见了他安然回来,才转忧为喜。须佐之男命的心里,也暗暗称奇。可是他还再想苦大国主命一次,当他在屋里睡觉的时候,他叫大国主命进来,他说:"我的头上很痒,怕是有了虫吧,你替我寻了下来。"大国主命一看须佐之男命的头发上,有许多蜈蚣,他便束手无策。此时须势理姬在旁,暗中把椋实和红土递给他,低声说道:"放在口中,嚼了再吐出来。"他照她的话把椋实和红土嚼了吐出,须佐之男命见了,以为他很有胆量,竟把蜈蚣放在口里,他就没有话可说了。须势理姬见父亲千方百计地害大国主命,她不明其中的情由。趁他父亲熟睡了时,她叫大国主命逃走,恐怕以后还有什么危险。大国主命想了一会,他怕须佐之男命醒后来追他,他把须佐之男命的头发系在柱头上;又走出屋外,连了一块大石头来,塞住了房门。须势理姬又教他,叫他把她父亲的刀、弓矢和琴拿了走,可是他不肯。须势理姬说,这几样东西,以前她的父亲说过,本想送给大国主命的。大国主命听说,刚拿了这几样东西,正要逃走。不料那琴触着了树子,发出响声,便将须佐之男命惊醒了。因为头发被大国主命系在柱头上,跑也跑不动,等到他解开了头发时,大国主命已经逃远了。后来须佐之男命一直追大国主命到黄泉比良坡,他立在坡上,大声叫大国主命不必逃走,他并无杀害之意,不过想试探大国主命的勇气,并且说明愿把女儿嫁他。大国主命回来后,他把女儿和大国主命配合,又叫大国主命回到出云国去,把为恶的八十神们铲除了。

大国主命在那里经营国土,造好了宫殿,他想起了稻叶的八上姬,叫了她来。但是正妻须势理姬性极嫉妒,见八上姬来了,她大怒,后来八上姬就回去了。大国主命见他的恋爱不能自由,很不以须势理姬的嫉妒为然。他又在高志国爱上了一个女子,名叫沼河比卖(即沼河姬),二人的感情很热烈。大国主命还想弄别的女子,须势理姬心中更觉难过。大国主命对于她已经厌倦,想离开她到大和国去,当出发时,他们以长歌赠答。须势理姬此时才深悔她自己的嫉妒不是,在歌里申诉了对于大国主命的爱情,于是二人的热情再燃,和好如初。

以上是关于大国主命的恋爱神话,现在再讲他让国的故事。

高天原的天菩比神奉了天照御神和高御产巢日神的命来到出云国,他为大国主命的威势所败,在出云留了三年,不回高天原。后来又派了天若日子来,他又为大国主命所服,并且娶了大国主命的女儿下照姬为妻,八年间不回高天原,音信毫无。高天原的神不知道他二人的下落,便大家商议,派了一个名叫鸣女的雉鸟飞到出云去责问。雉鸟奉了使命,便飞到天若日子门前的枫树上停下,放声叫起来,意思是传达诸神的命令。天若日子听着鸟声,说那是"不快的声音",取了弓矢,在雉鸟的胸上射了一箭。雉鸟带了箭飞到天安河原,天照御神和高御产巢日神都在那里。于是高御产巢日神拔了那箭,向下界掷去,中于睡在床上睡觉的天若日子的胸,便立即绝命。天若日子的横死,使下照姬十分悲痛,她的泣声随着风达到天庭,天若日子的父母大惊,便降临下界,为儿子举行葬式。下照姬有一个兄名叫阿迟志贵高日子根神,也来会葬。他的容貌和死了的天若日子很相似,俨然天若日子再生一样。天若日子的父见了他,心中大喜,以为他是自己的儿子。他听了很不悦,把死人与活人说在一起,是一种污秽,他发怒,把丧屋踢翻,就飞走了。下照姬此时作歌一首,说那是她的哥哥。

在天安河原,二神再开会议,选拔了建御雷神为赴出云的使者。以天鸟船神为副使,随着他去。二神离了天上,在出云的伊那佐的滨边降落。以剑逆插在波浪上,他们坐在剑尖,和大国主命开严厉的谈判。他们对大国主命道:"你所统治的苇原国,是应该由天照御神的儿子来统治的,你的意见怎样?"大国主命听说,叫他的儿子事代主神代答。事代主神就答说谨遵神命,把国土献于神子(天孙)。但是大国主命还有一个儿子,名叫建御名方神,他起来反对,他说若要国土须用武力来取。他把千引岩拿在手里,向建御雷神挑战。建御雷神化为冰柱,又化为宝剑,打败了建御名方神,直追他到科野国的洲羽海。结果,建御名方神投降了。大国主命见二子对于让国已无异议,他把苇原国奉献神子(天孙),自己退隐。建御雷神等见事已办妥,便回去复命去了。

苇原国既已平定,于是天孙迩迩艺能命奉命下界,统治苇原国。他出发时,有天儿屋命等神,五部族的首领五伴绪,以及参与政治的思金神等随从他来。天照御神把勾玉、镜、草薙剑三种宝物赐他,他们在日向的高千穗的久士布流泷降下。在日向的笠沙岬,建立宫殿,统治国土。于是在这里展开了关于他的神话。

有一天,天孙在岬上见了一个姿容绝世的女子,女名木花佐久夜姬,他欢喜她,就收她入宫。他和这女子生了三个神。天孙见女子和他同睡一夜就怀孕,心中很怀疑,怕不是自己的种子,略有责言。女子为证明洁白起见,当生产时,她走进一间没有窗户的屋子,在里面生产;前有火燃起来,等到火焰熄灭,三个儿子就生出来了。这事就是证明她是贞洁的。

他们的末子名叫手见命,一名山彦,喜在山中打猎,猎术颇精,故有此名。有一天他忽然想到海里去钓鱼去,硬把他的哥哥火照命的钓勾借去,他到海里,一尾也钓不着,且把那贵重的钓勾失落了。哥哥火照命喜在海边钓鱼,故名海彦。现在弟弟把他心爱的钓勾失落,他不能原谅弟弟,一定要他赔偿。山彦没有法子,只得把他的宝剑毁了,做了五百根钓针,还给海彦。海彦不肯,他又作了一千根,海彦又不肯,海彦说要原来的那一枚。山彦苦极了,他在海边哭泣。此时有盐椎神出现,叫他不必忧心,可到海神的宫里去,海神的女儿正等着他。山彦得了盐椎神的帮助,他像鱼似的,游到海神的宫殿,殿外有泉水和香木,海神的女儿丰玉姬的侍女手执玉壶,正在泉边汲水,她见了映在泉水里的山彦的容貌,心中暗暗惊异。山彦走过去向她乞水,把自己颈上的珠解下来,放在口里,吐进玉壶的颈内。那珠便黏在玉壶上,不能脱离。女侍拿着玉壶回宫去,奉献丰玉姬。姬问女侍,便知道外面有一个比珠玉更清丽的少年。姬到宫外去看,果然不错。她便与山彦相好,二人进宫去,会见了姬的父亲,颇受优待,尊为天津日高御子,二人遂结婚,过了三年。有一天,山彦想起了哥哥的钓鱼针,不觉纳闷。丰玉姬见了,问他什么原故。山彦把从前的事告诉她。她听了就去禀告她的父亲海神。海神马上命令召集海中一切鱼类,问它们看见钓针没有,探访的结果,知道有一尾鲷鱼吞了那钓针,正在害病。海神差人取了来,献给山彦。山彦得了钓针,心中欢喜,自不待言。他拿了钓针,要回家去。临行时,海神授以方策,使他能胜过他的哥哥。又拿盐盈珠、盐干珠两种宝物给他。他跨在鳄鱼背上,便回家去了。

山彦回到家中,打胜了他的兄,时丰玉姬在龙宫里思念他,便来寻访,且告诉他,已经怀孕了。山彦在海边造了房屋,以鹈羽盖屋,造屋时,丰玉姬就生产了。这时山彦犯了"不可窥视"的禁律,不觉窥视了产房,他见房内的姬,变成了鳄鱼,他大惊逃走。姬受了他的侮辱,大怒,把生出的孩子放在海边,她回到龙宫去了。

过了许久,丰玉姬挂念山彦和儿子(名叫鹈葺草葺不会命),便差她的妹妹来代她养育儿子。儿子长大,和玉依姬结婚。后来生了两个儿子,一名神倭波礼遮古命,是一位英雄神,即后来的神武天皇;一名五濑命,二人展开了日本建国的历史。

神武天皇和他的哥哥五濑命商量,欲实现天下的和平,必须占有中央的大和地方,于是他们便离开高千穗宫,东征去了。他们经过筑前、安艺、备前等处,乘船到摄津的浪华,更赴河内的白肩津,与反对他们的长髓彦大战。皇军手中拿着盾,上陆攻打,长髓彦的人马很厉害,五濑命被敌人射中一箭,带了重伤。后来皇军从海路南回,向纪伊的男之水门进军,这时五濑命的伤势沉重,在中途死了。神武天皇想替兄报仇,一举而败长髓彦,他向熊野村前进,得八咫鸟的引导,到了吉野川。他们爬山越岭,经过许多险阻,到了大和的宇陀。宇陀地方有两个叛徒,一名兄宇迦斯,一名弟宇迦斯,兄宇迦斯想害神武天皇,幸亏弟宇迦斯作为皇军的内应,天皇才未受害。皇军离了宇陀,又征服沿途的豪霸。在登美与长髓彦战时,天皇作了许多军歌,歌的韵律很刚强,足以鼓舞士气,遂一战而胜了长髓彦。

天皇东征,已达目的,乃平定大和,在亩火地方,造了白寿原宫殿,当统治的大任。那时天皇想选一个皇后,后来有人劝他娶那美貌的伊须气余姬,她是大物主神与势夜陀多良姬所生的女儿,貌美一如她的母亲。天皇听说,心为之动,他想去看伊须气余姬一次,便到大和的高佐士野去,同他去的就是劝他娶伊须气余姬的大久米命。他们到那里时,有七个女郎正在野外游玩。大久米命指着那七个女郎说,你中意哪一个呢?天皇便指第一个女郎,那女郎就是伊须气余姬。大久米命对女郎说明天皇的来意,姬也答应。天皇遂决心娶她为后,那夜天皇就宿在她的家中,接着又迎接到宫里去。后来生了三个皇子,即日子八井命、神八井耳命、神沼河耳命。天皇前在日向时,曾和阿比良姬发生关系,生了一子,名叫多艺志美命,此子想杀掉他的三个异母兄弟,皇后知道此事,便作歌一首,通知她的三个儿子,他们先发制人,神沼河耳命很勇敢地杀了多艺志美命。他的两个哥哥很佩服他的勇气,便推他即皇位,即绥靖天皇是。

《古事记》里的英雄传说,可用下列的两种作为代表。(大国主命也是有名的英雄传说之一)

景行天皇有两个儿子，一名大碓，一名小碓。同时有一对姊妹，生得很美丽，长的名叫长姬，幼的名叫妹姬。天皇差大碓去迎接她们来。大碓奉命后，便去接长姬姊妹。他为姊妹的颜色所迷，便收为己有，而另以别的女子奉于天皇。后来此事破露，天皇和大碓感情很不好，朝夕聚餐，不见大碓。天皇叫小碓去叫他，但仍不见他来。天皇问小碓道："他为什么不来？"小碓道："我见不得他的样子，我把他攫碎了。"天皇听说，心想小碓行为暴戾，不可留在身旁，便差小碓去征伐熊袭。

小碓曾男装女扮，去刺杀熊曾建，平定贼乱。有一天，他穿了姨倭姬的衣裳，把额前的发，梳得和少女一样，当熊曾建宴饮时，他走了出来。熊曾建不知道他是假装的，见他的态度雍容大方，生了爱心，饮了许多酒，便喝醉了。他乘隙抽出宝剑，刺死了熊曾建。贼人平定，在凯旋的归途，又征服了河神、山神穴户神等。

小碓既平定九州地方，又去征服出云地方，那里有出云建作乱。他表面上和出云建联络，结为朋友，有一天，他约出云建到肥河去洗澡，在水里浴过后，他先跳上岸，把出云建的刀佩在身上，他对出云建说："我们交换佩刀好么？"出云建答应了，把小碓的刀佩在身上。小碓见出云建中了他的计，便向出云建挑战，出云建拔出刀来，却是木刀，于是小碓便把出云建杀了。

小碓已平定各处,很想回家休息,可是天皇不肯,又叫他去东征。他的心中很悲哀,他将自己的苦恼对姨倭姬诉说,姨倭姬对他很表同情,把草薙剑和囊给他,又对他说:"如有危险,可速把囊解开,即可逢凶化吉。"后来他又征服了山河神,复入相摸国。相摸国主要想害死他,诱他到野外,命人四处放火。他见已处危难之中,便把囊解开,囊中跳出了避火的东西,那火反向敌人烧去,敌人便烧死了。他取道东方,从相摸半岛渡过对岸的安房国时,舟行海中,忽起风暴,势甚危殆。他的妻子橘比卖跃入海中,借以缓和海神的怒,未几,波平浪静,他们安然渡过了,但橘比卖则葬身海中了。后来他又征服了几处恶神,遇着了美夜受姬,便结了夫妇。他去征伐伊吹岐山的恶神,行时把草薙剑寄在妻子处。这时他的身体已经染病了,到了三重村,因沿途跋涉,病势愈加沉重,他仍冒病到了能烦野,就在那里死了。相传他的魂化为天鹅,翔于空中。现今内河地方,尚有天鹅陵。

穴穗天皇杀死目弱王的父亲,夺后长田大郎女为妻,七岁的目弱王刺穴穗为父报仇,是《古事记》里描写复仇的英雄故事。

穴穗天皇将就寝,睡于床上,问后曰:"你为什么沉思?"后答曰:"承陛下的恩宠,我还有什么沉思的呢?"此时七岁的目弱王正嬉戏殿下,但天皇不知,语后曰:"我有一件事很担心,怕目弱王长大后,他知道我杀他的父亲,他必定要报仇了。"目弱王听见了,便知道他的生父是被穴穗杀死的,他等天皇睡着了,便拿了大刀,杀死天皇,逃到都夫良意富美的家中去了。

大长谷皇子,此时还是一个少年,听说天皇被目弱杀了,便去访他的哥哥黑日王子,但黑日王子不以为意,大长谷王子大怒,便拉着他的衣襟,把他杀了。后来他又去访他的哥哥白日子,不意白日子也不理他,他气极了。握住他的衣襟拉他到小治田,掘一地穴,把白日子埋在土内,露腰部以上在外面,把他的双目挖了。大长谷遂举兵伐目弱王,目弱王匿在臣下都夫良意富美家下,都夫良听说大长谷来了,先是向他说好话,但是大长谷不应,都夫良便和大长谷打,不幸打败了。他不忍见目弱王死于大长谷手里,便以刀杀死目弱王,他随即自刎死了。

从上面的例看来,《古事记》虽非有组织的一贯系统的著作,但若从个别的看来,一个个都可成为伟大的传说或神话。它那活跃的情景,孩子般无邪气的朴素,不但强烈地吸引着读者的心,也表现了古代人的直观作用的可爱。所以,可以说,《古事记》是一篇用原始的纯情和不虚伪的描写叙述而成的散文叙事诗。在这里,充溢了日本民族特有的明朗气氛和轻快的精神,丝毫也感不到西欧神话中一般的苦闷、灰色。因此,《古事记》不独是日本文学的珠玉,就在世界古文学中,也有它独特的位置。

四、《日本书纪》

《日本书纪》的完成,为养老四年(公元720年)五月。全三十卷,另加系图一卷,统计三十一卷。关于此事,《续日本纪》卷八记曰:

> 养老四年五月癸酉,先是一品舍人亲王奉敕修《日本纪》,至是成功,奏上纪三十卷,系图一卷。

关于《日本书纪》编纂的动机,虽有种种解说,如像说它是"不甘于《古事记》的编纂,而模仿汉唐完整史传编成"的等,可是,根据以上的记载,它是由舍人亲王奉诏编纂,而完成于此时者,很是显明。舍人亲王为天武天皇的第三皇子。所以纪中关于天武天皇的多事,多讳而不志。又太安麻吕亦有加入编撰之说。这是根据于《弘仁私记序》:

> 夫《日本书纪》者,一品舍人亲王从四位下勋五等太朝臣安麻吕等奉敕所撰也。先是净御宇之日有舍人姓稗田,名阿礼,年二十八,为人谨恪,闻见聪慧,天皇敕阿礼,使习帝王本纪及先代旧事,未令撰录,世运迁代,丰国成姬天皇临轩之年,诏正五位上安麻吕,俾撰阿礼所诵之言,和铜五

年正月二十八日，初上彼书，所谓《古事记》三卷者也。清足姬天皇负扆之时，亲王及安麻吕等更撰此《日本书纪》三十卷并《帝王系图》一卷，养老四年五月二十一日功夫甫献于有司。

据此，《日本书纪》全部，不为舍人亲王一手所完成是很显然的。且既曰："太朝臣安麻吕等。"则此外，尚有其他的编撰者，亦很显然吧。但是，关于《日本书纪》的撰者，在这里，除了太安麻吕参加的记载外，为什么没有另外的人参加的记载呢？这是一个值得注意的问题，也是一点可疑的地方。因为：1. 这记事，不见于其他的文献；2.《弘仁私记序》是太安麻吕的同族人长写的。人长这《弘仁私记序》的记事，若是依据书纪奏上的上表，则其他的学者姓名，亦当列入。这里只有安麻吕一人的记载，实不可解。不过，为了同族的关系，人长特别将他记入，也为人情吧。总之，《日本书纪》的编纂，决非完成于一人之手，此为可以断言的事。因为，这是从本书的庞大，史实调整之艰难，内容的写法，无论任何方面，都可找出证明的。太安麻吕，也许确是撰者中之一人吧，但舍人亲王为《日本书纪》的编撰代表人，是无可疑义的。

又，从上述的《续日本纪》的记事，可以知道《日本书纪》的编纂敕命的赐下，是养老四年以前的事。这也许是和铜七年（公元714年），诏谕纪清人和三宅藤麻吕令撰献国史的事吧。但这和铜七年的国史究与《日本书纪》有何关系，是不明白。如果和铜七年以来，继续不断撰修成的国史是这《日本书纪》,则如纪清人、三宅藤麻吕等,亦为《日本书纪》的撰者了。

《日本书纪》,古称《日本纪》。《日本书纪》的续篇,称之为《续日本纪》。在《续日本纪》中,把本书记为《日本纪》。又,《日本书纪》的注释书,称为《释日本纪》。《新撰姓氏录》,也称为《日本纪》而引用本书。但《日本书纪》,亦为古称,就以《万叶集》为佐证,亦记为《日本书纪》。《弘仁私记》的序文,平安朝时代的《日本书纪》的古抄本,亦都称它为《日本书纪》。因此,所谓《日本纪》,可以说是《日本书纪》的略称吧。否则,《日本纪》或者是原名,后来的史官,添上了一个"书"字,遂成了《日本书纪》的名称也未可知。因为,学我国的书史而添上一个"书"字,是大有可能性。

可是,依于平安朝时代的古抄本,《日本纪》与《日本书纪》的名称都存在。而且,二者都是同属古称。因此,《弘仁私记序》称《日本书纪》的书字,为后人搀入之说,不能尽信了。总之,《日本书纪》是否原名,现在尚是个问题。但依于一般的说法,所谓《日本纪》,便是《日本书纪》的简称。我们也就在此从众了。

《日本书纪》的记述笔法,是仿我国《史记》《汉书》的体裁,用华丽的汉文写成的。卷首写着宇宙的开辟,文曰:

> 在天地未剖,阴阳不分,浑沌如鸡子,溟涬而含牙。及其清阳者薄靡而为天,重浊者淹滞而为地。精妙之合抟易,重浊之凝极难。故天先成而地定,然后神圣生其中焉。故

曰,开辟之初,洲壤浮漂譬犹游鱼之浮水上也。于时天地之中生一物,状如苇牙,便化为神,号国常立尊,次国狭槌尊,次丰斟亭尊,凡三神矣。

这一节文章,显然是模仿我国的《淮南子》的《天文训》与《三五历纪》等作的。全书的内容,是由神代之初,直到持统天皇的编年体的历史书。记述的对象以天皇的世系及其动静为中心,可是,亦记其与之有关联的外国关系,臣民的系统、行动等。而且,恍然一看,前半是纯然的传说,或者是充满了传说色彩极浓厚的记事。后半是与以后的国史无甚差别的历史事实的记载,即卷第一、[第]二,称为《神代卷》,是集成整理古代传下的关于国土创造的神话。卷第三以下,是始于神武天皇的历代记事,它的内容,也可说是神话的继续,虽然它的倾向,渐渐地薄了。可是,大体上是还可接续到第十五、十六卷显宗、仁贤、武烈天皇的时候。卷第十七,是由继体天皇时起,频繁地记着与朝鲜的国际关系,而且,历史的记事性亦渐次增加了。至第二十五卷,即从孝德天皇的记载起,可以说,神话的分子是早已销声匿迹了。

《日本书纪》,可以说,是基于"极忠实的采取各种材料,不敢妄用私心,加以删改"而编纂的吧。因为,本书的材料,关于古代的部分,是基于全皇室及诸家所说的古传说依时推进,因而兼取朝鲜的记录,及到最近,便采用了官府所藏的记录、文书。神代卷以"一书曰"列举关于同一事项的诸说,更显示了编撰者的公平态度。

《日本书纪》的价值，不独有上述的编纂态度，而且，在日本建国的历史、国体的尊严方面，它有比任何古书都更详细、明确的故事。作为历史书看，它占日本所谓六国史的第一位。它的编纂方法、体例等，直接、间接影响于它那五国史及一般历史的，也复不少。此外，如上古的日鲜关系、圣德太子的新政、大化革新、壬申之乱等记录，有它永远不朽的价值且不说，就是歌谣及训谕所示的言语，亦为研究古代言语的宝贵资料。现将有名的《菟饿野之鹿》一神话，语译于下，略窥它的文笔风采。

仁德天皇三十八年秋七月，天皇与皇后在高殿纳凉。那时节，每晚都听到摄津国、八田部郡、兔饿野的鹿叫。它的叫声，寥亮而悲哀。因此，听了这鹿叫声的天皇与皇后，生了悲哀之念。但到月末，那鹿的叫声忽然听不见了。天皇因对皇后说道："今日晚上，鹿不叫了，是什么缘故？"翌日，住在摄津河边郡猪名县的佐伯部人，献上苞苴。天皇诏问厨夫道："这苞苴是什么？"厨夫回答道："牡鹿。"问："是那里的鹿呢？"厨夫回答："兔饿野。"天皇听了，心里就想，这必定是兔饿野每晚啼叫的那匹鹿；因对皇后说道："我近来有忧心，常以听鹿叫而找安慰。现从佐伯部取鹿的时间与地点看来，必是那每晚鸣慰我的鹿无疑。那佐伯部的人们，因为不知道这是我爱的鹿吧，偶然把它射杀了，我不能怪他们。可是，我痛恨极了，我难以忍耐，因此，我不高兴佐伯部的人们，住在这近帝都的地方了。"遂命有司，令佐伯部的人们搬到安艺沼田郡的田沼去住。这便是现在住在沼田的佐伯部的祖先。因此，世人有了这样的传说：古时候，有人旅行到兔饿野，睡在野原中，那时候，有二匹鹿睡在旅人的旁边。晨曦发晓的时候，仿佛听见牡鹿对牝鹿说道："我昨夜作梦。那是这样的一个梦。梦见许多白色的霜，全白的包裹了我的身体。这是什么一个预兆呢？"于是，牝鹿回答道："那是告诉你说，当你正在走着的时候，会被人射杀吧。全白色的包住你，是告诉你说，你是被杀了。你的肉，涂上了白盐，而盐渍的样子，正像是白色的霜。"那时候，旅人听了这话，心想，哪有这样的一回事呢？心里是认为不可思议。可是，就在东方未明之前，猎师来了，射杀了那牡鹿。因此，世人有这样的一句俚谚"鸣叫的牡鹿，它的命运，也都为占梦所决定的"云云。

《日本书纪》的史实，大约与《古事记》里所记载的相同。不过，体例与文字，二者各不相同。现将《古事记》和《日本书纪》的异同，略述于下。

第一，是二书编纂目的之差异，《古事记》的编纂是使国民知道建国的由来与皇室的尊严；《日本书纪》除了上述目的之外，还想供给执政者作参考，又想给外人看，以增国家的体面。第二是文字的不同，《古事记》是用国语记述的，《日本书纪》则全用汉文作成。第三是体裁的不同,《古事记》一书,是用天武天皇整理过的皇室、诸族的系谱和先代的旧辞,作为根本史料,由善作文章的安麻吕撰成一部故事体的国史;《日本书纪》仿中国的《史记》《汉书》的形式,是模仿堂皇的国史而作的。编纂的人数增多,由诸人的合议,将史料取舍安排,所采的史料不仅限于国内,如对外关系的事项,也曾参酌《百济记》《百济新撰》《百济本纪》一类的三韩历史,体裁是一部大规模的正史。第四,《古事记》采用历史故事的体裁,《日本书纪》则须保持正史的真面目。第五,《古事记》的特长,是能够忠实地搜集神话传说;《日本书纪》的特长,则为舍神话传说的时代,而取历史的时代,把史实丰富地记载出来。第六,关于编纂的方法,《古事记》是由一个人的意见取舍或选择史料;《日本书纪》则由编纂者的合议,一经决定,便不能有所取舍,编纂法是比较忠实公平的。第七,二书编撰的方针也不相同。《古事记》的上卷,全部是记采"神代"的故事,中卷记神武天皇至应神天皇,下卷记仁德天皇至推古天皇。《日本书纪》第一卷第二卷为神代史。第三卷(即神武天皇卷)至最终的第三十卷(持统天皇),大部分以一代天皇列为一卷,其中将二代列入一卷者有五卷;将三代列入一卷者有一卷;将一代分为二卷者有一卷;此外有因记事太少,将八代(绥靖天皇到开化天皇)列入一卷的。由此看来,《古事记》的篇幅的三分之一用在"神代"卷;《日本书纪》仅以三十卷中的二卷记述神代。可知《古事记》是以搜录神话传说为重;《日本书纪》则对于各时代等量的分配,至于把一时代分为两卷,或将数朝代收入一卷,想是因为史料的关系,不得不然。第八,从二书的内容上,也可以看出差别。试以神代的叙述为例，在《古事记》里叙述神代的传说，编者竭力传述古代传说的本形，用故事体说出来。《日本书纪》则把神话与传记隐藏着，只以有历史的背景的材料揭载于本文，《古事记》里所注重的神话传说，有的全被省略，或被写入"书曰"之内。例如《古事记》上卷写伊邪那岐与伊邪那美二神的交合，二神绕着天之御柱走去，伊邪那美先说道，"呀，好一个男子"，伊邪那岐说道，"呀，好一个女子"，像这样的唱和，本是日本上古结婚风俗的反映，是很贵重的资料，但在《日本书纪》里则没有把它写入"本文"之内，只记入"书曰"。此外，如伊邪那美赴黄泉国的神话，伊邪那岐在阿波岐原的禊祓等类重要的神话，又如大国主命的国土经营的神话，都是极其重要的。然在《日本书纪》里都没有记入本文，这便足以说明二书的内容上的差别。

《古事记》与《日本书纪》既有以上的差别，故二书的艺术的价值，自然也生出差异。《日本书纪》的艺术上的价值，不能和《古事记》比肩，是不待烦言的。

五、风土记

风土记是一种幼稚的地方志。元明女帝和铜六年（公元713年）下诏，令各地把气候、物产、传说、土地的肥瘠、山川原野命名的由来等，记载出来，献于朝廷，便是风土记。这诏令的文章，载于《续日本记》：

五月甲子,畿内七道诸国,郡乡名,著好字,其郡内所生,银铜彩色,草木禽兽鱼虫等物,具录色目,及土地沃瘠,山川原野名号所由,及古老相传旧闻异事,载于史籍言上。

这是天皇的诏敕,抑是政府的命令,不甚明白。总之,这命令是送诸各国(即我国的"省"之意)政府,令其调查各该国地理,古老间的传说之类,进而编撰地志的。可是,采集地方古老相传的旧闻异事,早在履中天皇四年(公元403年)编撰诸国国史时,就已作为资料,开始采集了。不过,那不是以地方为中心,且更是没有组织和计划的搜集。但是,那以中央为中心的国史,把地方传说异闻编入,亦不过是偶然吧。专将地方异闻旧事,广泛集成的,这时候,实在还是最初的企图。又,上述命令中,虽未说风土记,只说史籍,可从那内容的相符说来,即为风土记,毫无疑义。

至于《风土记》一书,是否和铜六年发令后,即刻完成的,是个疑问。因为,要做调查,须得耗费相当年月,做成史籍,报告到中央,更要多的时间吧。又,诸国风土记,全部是否完成于这时候,也不甚明白。《朝野群载》(《类聚符宣抄》亦揭载着)揭载有延长三年十二月十四日的太政官符,现录之于下:

　　太政官符
　　五畿七道诸国司
　　应早速勘进风土记事

> 上如闻，诸国可有风土记文，今被左大臣宣称，宜仰国宰令勘进，若无国底（本），探求郡内，寻问古老，早速言上者诸国承知依宣行之，不得迟回，符到奉行。

延长三年，是在和铜六年后的二百十数年。大概，在这长期间，编撰风土记的事，已被放任。其后，风土记的书籍，次第湮灭，就在中央，亦多已失传。所以发出宣符，搜集存于地方的，令其将那留存于地方的提出吧。不过，也有这样的一种解释，即是说，这命令同时是令那完全没有留存风土记底本的诸国，应新撰风土记，进献于中央吧。据此，可知风土记是在奈良朝以后平安朝时代编撰的也有。唯欲区别其前后，却不容易。

和铜下诏的诸国中，也许有那未曾撰定风土记的地方吧，可是，各国最初大概是已撰定风土记的。仙觉的《万叶集注释》、卜部兼方的《释日本纪》两书，曾引用过山城、大和、摄津、伊势、尾张、骏河、常陆、越后、丹后、伯耆、出云、播磨、备中、备后、阿波、赞岐、伊豫、土佐、丰前、丰后、筑后、肥后、日向、大隅、壹岐等诸国的风土记。又，高松宫家藏古钞袖中抄里书文书，也记着永仁五年，有书写伊势、备后、播磨、常陆、日向、阿波、伯耆、丰后、土佐、肥前等诸国的风土记。据此，可以知道，风土记传到中古者，有相当的多。可是，现在残存的，完全奈良朝作的古风土记，仅有出云、播磨、常陆、肥前、丰后五种。在这五种中，首尾完全的，仅有《出云国风土记》一篇。《播磨风土记》，卷首已缺若干，其他三种，是抄出本。

风土记的名称，普通称呼，如《播磨风土记》，可是正确的称呼，应该为，如《播磨国风土记》《肥前国风土记》的吧。又，略称为，如《常陆国记》的，也有。

风土记的文字，是用汉文写成的，可是，依于地方不同，未必一样，如《常陆》，是用的比较纯粹的汉文。如《播磨》，是用的日本流的汉文。《常陆风土记》，竟至连歌谣，也有汉译的。总之，现存的古风土记，为是地志残缺等的关系，难免不无片断之感。可是，因为含有许多传说、古词、歌谣等的关系，在研究日本古代文化上，也是很重要的文献。现在译录几章于下，略觇他的风格。

童子女松原的传说

这是香岛郡童子女松原的传说，描写那贺寒田郎与海上安是娘子，在燿歌会，互赠诗歌，而通思念，开始谈恋的文章。

携手促膝，陈怀吐愤，既释故恋之积疹，还起新欢之频咲。于时玉露抄候，金风风节，皎皎桂月照处，唳鹤之西洲，飒飒松飔吟处，度雁之东路。山寂莫兮岩泉旧，夜萧条兮烟霜新，近山自觉黄叶散林之色，遥海唯听苍波激碛之声。兹宵于兹乐，莫之乐。偏耽语之甘味，顿忘夜之将阑，俄而鸡鸣狗吠，天晓日明。（录自《常陆风土记》原文）

至此，二人害羞，化为松树，男的叫作奈美松，女的叫作古津松，是个描写少年男女的好故事。

印南之稚娘

郡南的海中,有一小岛,名叫南毗都麻。过去成务天皇时代,曾命丸部臣等的祖先比古汝弟,定此国国境。当他去定国境时,吉备比古,吉备比卖二人出来迎接他。后来,比古汝弟娶吉备比卖,为妻,生了伊南之别娘。此女端正,秀丽绝世,尔时,景行天皇知道了她的美貌,欲要娶她,因而行幸到该国来。别娘听见了这个消息,心里不愿意,于是逃避在这小岛上。所以这个小岛,名叫南毗都麻。(译自《播磨风土记》)

所谓南毗都麻,即"隐妻"之谓。是一个描写地名之由来的故事。现在再译录《肥前风土记》的一个有名的故事于下。

褶振峰的传说

大伴狭手彦出航渡任那时,弟日姬子登此山峰,挥手振袖以送,故名褶振峰。但弟日姬子与狭手彦别后五日,有人夜来,与她同寝,至晨即去。容貌酷似狭手彦。她怪不能忍,窃用麻丝,系男衣袖。然后随麻寻去。走到这峰头的沼边,见有一条大蛇,卧在那里:身为人体,沉入沼底;而其头脑,卧在沼傍。见了她,忽化为人,作如次歌,唱道:

筱原村的,弟日姬子,我不能让你,仅过一夜,就此归去。我们就在这沼底,同着一块过日子吧。

其时,弟日姬子的使女,跟在后面,窥见了这事,急急私逃归家,奔告族人。家族即派遣多人,登这山峰。可是,这时候,大蛇与弟日姬子,已是踪影无存。看那沼底,只有人尸。人都说这是弟日姬子的骨骸。因此,在这山上,造墓埋葬弟日姬子的遗骨。这坟墓,现还留在云。

以上所举的五种古风土记外,《释日本纪》《仙觉万叶集注释》等,曾引用过诸国风土记的逸文。这些逸文,现尚保存着若干。其中最值得注意的,有《丹后风土记》的《浦岛传说》,与可以看为同风土记的《羽衣传说》之一的《奈具社物语》——《羽衣传说》,亦见于《近江伊香小江条》。《浦岛传说》,也许是模仿当时日本爱读的《游仙窟》,文章也次于《常陆风土记》。其他的逸文风土记的文章,多是普通记录体的汉文。但《伊豫风土记》是混用日语写的;《备后风土记》的《苏民将来记事》,是宣命体。

搜集逸文的学者,古来不少。彰考馆藏有《风土记残篇附录》,今井似闲的《万叶纬》,吉田令世的《风土记抄》,伴信友的《风土记逸文》,狩谷掖斋采辑的《诸国风土记》,栗田宽纂订的《古风土记逸文》和《古风土记逸文考证》二书,木村正辞采辑的《诸国风土记补选》《逸文风土记搜索》等。其中,以《古风土记逸文》《逸文风土记搜索》等,收集最广。

六、高桥氏文

氏文,为记一氏族之由来的文字。现存者只有《高桥氏文》,但这一书,亦已无完本,而只见于《本朝月令》《政事要略》《年中行事秘抄》等,引用有它的文句。

延历十一年(公元792年),有高桥、安昙两氏,在祭神时争座席。因此,各人遂把祖先的事迹记了出来,送给皇帝看,是为氏文之始。现存者,即为这《高桥氏文》。

这《氏文》,第一,引于《本朝月令》和《年中行事秘抄》者,为叙述高桥氏远祖磐鹿六雁命,于景行天皇五十三年行幸东国时,在安房浮岛宫仕奉餐馔;此后,召为膳臣,竟至连他的子孙都仕奉餐馔。第二,《政事要略》所引的那六雁命在七十二岁死时,天皇曾赐吊问的宣命。第三,引于《本朝月令》者,为断决上面所述的,与安昙氏争端的《太政官符》。据此,可以知道,比较可看的,是在第一,而在文学上,实在没有什么价值。

文章是混用宣命体的汉文。这书的考注本,有伴信友的《高桥氏文考注》,收于《信友全集》第三卷。收入《校注日本文学大系》卷一的氏文,只有第一和第二。

七、《古语拾遗》

《古语拾遗》也和《高桥氏文》的编纂的动机一样,是斋部广成氏与中臣氏,为争币帛使之职,而奉诏敕上奏的文字。它的创立故事,不独和《高桥氏文》类似,它的内容,实也为同一性质的氏文。所以,我们要说它是"斋部氏文",也无不可。

原来,斋部氏和中臣氏,同是朝廷掌管祭祀的官吏。最初,原是并列,不分高下的。可是,斋部氏渐渐衰落,终于渐被中臣氏压倒。据平城天皇大同元年(公元806年)八月之条所记,斋部氏为着不甘于中臣氏的压迫,发生了币帛使的争斗。斋部氏的长老,已越八十高龄的斋部广成,因而记录家传的旧说,叙述斋部氏的家世,以及现在之所以衰微,以之苦诉上奏。那奏文,便是这《古语拾遗》一卷。

《古语拾遗》的内容,首先是起笔于神代的往古,记载斋部氏的祖神天太玉命,于天照大神的窟户隐,天孙降临等时,树立的功业。其次是,叙述那天孙富命,仕业于神武天皇的情形繁衍一族的诸国之事。力说以斋部氏的地位、功绩,决不劣于中臣氏。并叙述神武天皇以来的历史大要。孝德、天武的交代期,斋部氏的渐渐衰落。所以到现在,古制遂被遗忘。更列举十一条文,以结束全篇。

斋部氏的这次上奏,虽不有像高桥氏的,收得挽回之效,可是,他这《古语拾遗》,却于无意之中,留下了永远不灭的功绩。作为历史书,固然是不朽;就是在文学上,因其增补了《记》《纪》所传之不足,可以看到有力的古代神话传说,就这一点,也是研究日本古代文学极重要的资料。

本书像《日本书纪》一样,全用汉文写成。文笔不及《日本书纪》之精美,颇不易读。唯全书几无宣命书的记载。这是与《高桥氏文》不同的地方,也是它的一种特色。

参考书

武田祐吉:《神与祭神者的文学》

折口信夫:《国文学之发生》

下山龙之辅:《祝祠与神与政治》

武田祐吉:《祝祠宣命研究》

久松潜一:《关于祝祠的表现》

次田润:《祝词研究》

贺茂真渊:《祝词考》

贺茂真渊:《延喜式祝词解》

度会延佳:《追中臣祓瑞穗钞》《考中臣祓瑞穗钞》

本居宣长:《大祓词后释》

本居宣长:《出云国造神寿后释》

本居宣长:《校日本文学大系本》《注日本文学大系本》

本居宣长:《历朝诏词解》《校日本文学类从本》《注日本文学类从本》

伴信友:《高桥氏文考注》

折口信夫:《表现于风土记里的古代生活》

武田祐吉:《风土记研究》

平祖衡:《辨日本总国风土记》

本居宣长:《古事记注译》

井上赖国:《古事记考》

津田左右告氏:《古事记及日本书纪之研究》

卜部怀贤:《释日本纪》

一条兼良:《日本书纪纂疏》

谷川士清:《日本书纪通证》

冈本保孝:《续日本纪考文》

村尾之融:《续日本纪考证》

池边真榛:《古语拾遗新注》

本居宣长:《古语拾遗疑斋辨》

狩谷掖斋:《上宫圣德法王帝说证注》

第二十七章　平安时期的散文

概　说

平安朝文学,实为日本文学中之黄金时代,无论在和歌、物语、散文上,都有其赫赫的伟业。其中如散文——日记文学、随笔文学——实作为从抒情诗转化成物语之间的过渡期文学形态而出现,有其不可漠视的价值。

在当时可称为散文的,是日记文学和随笔文学,所谓日记文学,不外是个人的日记,是发源于家记与和歌的一种文学。

本来,在平安朝初,已存有各种日记,如官厅的日记、公卿的家记,但这些作品,大都是逐日地记下每日所起的事情,因其目的在于叙职和备忘,故缺少文学的价值,只能作为宫廷的行事仪式的参考资料。

所谓真正的日记文学,是和它相异的,因为日记的作者,心中是燃有文学的感兴之火的,他不仅是记述公的外面的形式、仪礼,并且想赤裸裸地率直地告白私人的内面的烦恼和哀喜等。因此公卿的家记类是记录,而真正的日记文学是表现,同时,家记所显示出来的是事实,而日记所表现出来的是作家的性格。

不过家记和日记虽有如此的区别,但在日记文学的发达史上看来,家记实是日记文学的一个源泉,因为家记虽非文学却是文学的母胎,并是文学的素材,例如《小右记》,成了《大镜》《今昔物语》的材料;《紫式部日记》与《赞岐典侍日记》之带有浓厚的家记倾向,都是证明着二者之间的联系性。不过在二者的形式上,还有极大的区别,那就是家记多汉文、半汉文,多是公卿所作,而日记文学的作品,则多为假名文,为女流作家所作。

日记文学发展的第二个源泉是和歌,这个源泉要比家记更要密切,因为日记文学与歌集家集,有极大的关系,我们如果把某人每次所咏的歌,按日地排列起来,即是日记,例如《伊势集》之称为《伊势日记》,绝不是偶然的事情,同时,像日记文学中的《土佐日记》《更级日记》等作品,在其歌的排列上看来,亦有家集的性质。而且一般的和歌,前面常书有"词书",用来说明此歌作于何处何时何故,所以如将带有词书的和歌,以时日的顺序来编排时,就有了显著的日记性质。

不过从歌集而发展之日记文学,有自撰和他撰之别,他撰的似乎难称为纯粹的日记文学,因为这里缺乏了告白自己的日记之特质,但有浓厚的物语(歌物语)性质,例如《中将日记》《篁日记》,等等。至于自撰集作品,因能最直接地告白作者自身,就有鼓励作者率直地告白一切事情——甚之非道德的事情——的真挚精神,这种精神使自撰集与日记文学,有了相通的关系。

总而言之,所谓日记文学,乃是发源于家记与和歌的文学,是自己灵魂的自叙传,充满了对自己自身的批判精神的作品。当时著名的代表作,为《土佐日记》《蜻蛉日记》《和泉式部日记》《紫式部日记》《更级日记》《赞岐典侍日记》等。

与日记文学有密切的关系之作品,即是随笔文学,所谓随笔,乃是遂心所向地漫录的作品(详细当在现代篇内论述之)取理着自然人生一切的题目,随之在形式上看来,它是杂多的,不过仔细看来,在其杂多与不统一的内里,仍有一贯的存在,那就是作者的"人"。例如平安朝的《枕草子》虽见庞杂,但仍有一贯的清少纳言的性格之存在,这种性格的一贯的统一,是和日记之作为性格的表现,是完全相同的,因此如果把随笔附以日子,则就难以与日记来区别,所以我们可以说随笔文学与日记文学是难以分隔的昆仲,所差者,仅有日子与无日子的外形之分别而已。

在平安朝中,最著名的随笔,就是清少纳言的《枕草子》,它简直与小说中的《源氏物语》占着同样的地位,现在都分述于下。

一、《土佐日记》

日本最初用假名文写的日记文学,便是《土佐日记》。

《土佐日记》的作者为纪贯之,是当时最有名的和歌作家,不过《土佐日记》的冒头,曾有"以女人来试写男人所专长的日记"之句,所以表面一看，这部作品，似乎是女人的写作，但实际上，无疑地可推定是纪贯之的假托，至于假托的原因，据奥斯吞说来，是因为男性的日记多为汉文，今以假名文缀日记，当然有悖传统，所以只得假托女性，但实际上并不仅然，最大的原因，还是由于贯之想自由地、率直地、无妨地、不抽象地、具体地来表现自己的感想。因为用自己的真名发表的时候，就与许多礼仪世俗相冲突，不得已才采施假托的方法的。

这本日记的内容，是以对于亡儿的悲叹为中枢的，起于十二月二十一日，至翌年二月十二日，其中当回忆到亡儿的时候，父亲母亲以及其他的知人，都落下悲叹的眼泪，这种悲哀的场面极多，尤其到船近京都之间的记事处，更见频繁，当他们一行，于二月十六日月明中，归返故乡，看到家园的荒芜，不禁落下感慨的眼泪，于是这部日记，就在这种悲哀的情绪里结束了。

原来纪贯之是个喜爱都会、嫌恶地方的人，而且在都会里，曾有过荣华的生活，所以在寂寞的土佐为任官对他实是不堪谷忍的痛苦，因此一旦可以离乡归京，当然是喜出望外，遂致日记里充满了急想归京的叙怀。不过在其他一方面看来，贯之却没有痛快地离开土佐的心情，因为贯之的女儿生于京都却饿死在土佐的关系，这种骨肉的人情，使他留恋土佐。所以日记里就充满了又悲又喜，进退维谷，明朗与暗淡相交错的感情。

回京以后迎接贯之的，是多伪冷淡的人情，他看到自己家屋的荒芜，想起自告奋勇替贯之来看守房子的怜人之谎语，才深深地明白了人心之不可靠,发出无限的感喟。所以这部日记,一方面是悲痛亡儿的惨记,一方面是申述人世之无常,同时因记述了旅行上的海盗等故事,可作当时交通、民俗、民谣、盗贼等的参考资料,现译述《土佐日记》中之一段如下。

十一日清晓,驶船向室津,人都还睡着,看不见海的形色,只有眺着月亮,辨别西东,如此之间,天已黎明,大家都洗手就餐,到了晌午,已经驶至羽了。年青的僮仆听到了这个地名,说道:"叫作羽的地方,是像鸟羽一样的吧!"因为他还是个稚童,所以觉得有趣,大家都笑起来,这时有个僮女咏了这样的歌:

"如果真的如名闻一般,叫作羽,
希望能飞似的,归返京都。"

因为男男女女,都有如箭的归心,所以不管这歌的稚拙,觉得道得实在,皆暗记下来了。在这个询问羽的童子之话以后,又想起了逝去的亡女,唉!到什么时候才能忘掉呢?因为今天是十一日,也正是与杂家的日子相同,所以母亲的悲哀更甚,因现在不足来时的人数,遂想起来古歌中的"数目不足,似得归去"之句,有人就咏了这样的歌:

"世间中没有比眷念孩子的思念
更要热心的思念呵!"

从上段的引文，我们约略地可以窥到《土佐日记》的特色，但贯之是个精通汉文学者的歌人，所以《土佐日记》受有浓厚的汉文影响。文字简洁，富于含蓄，但比不上后代的女流作家们的日记之深刻。

二、《蜻蛉日记》

上述的《土佐日记》是男性假托女性的日记，真正是最初的女性日记的，乃是右大将道纲之母的《蜻蛉日记》。

是作的题名，是取于上卷结尾的文句，即："一想万事的无常起来，世事若有若无的心情，因名之谓蜻蛉日记。""蜻蛉"二字系蜉游之别名，乃象征生命之速逝，同时又可作"游丝"解（亦即阳炎），是春夏出现于地平线辽远处的阳彩，似云似霞，瞬时消失，常常用来当作世事不长的象征名词。据一般的考证，认为蜻蛉的原文 KAGERŌ 应书作游丝，而不应当蜉游蜻蛉解。

是作以记述道纲之母，与丈夫兼家间的家庭生活为主，共计三卷，由天历八年与二十六岁之兼家相恋起，中间述生道纲至天延二年兼家四十六岁止，共计二十一年，但其中有数年阙如。

我们知道，中古时代的结婚生活，是实行夫妻别居的，所以一旦女人许身给男人，成为夫妇以后，妻子是时常得忧虑丈夫对自己之爱情如何，如果一旦衰落，则男的就不来投宿，女的只有独守空帏了。且当时盛行一夫多妻主义，所以是权门出身的女人，能多受丈夫的宠爱，不是权门出身的女人，则常常感到丈夫的冷淡，像《蜻蛉日记》作者的丈夫，也有许多妻子。像其中一个的仲正之女，曾生了道隆、道兼、道长等儿子,握有极大的权势,而《蜻蛉日记》的著者,虽生有道纲,但毫无势力,所以在日记里漂漾着家庭生活的寂寥和忧郁。她一面深恨丈夫的始乱终不爱,一面恨自己的无权,就隐退到鸣泽去了,经丈夫和儿子的劝说,打动了母子间的爱情,只得复返京都,但此后的生活,也只有断念的枯寂生活,所以这部作品,实是披沥作为妻的寂寥的心情之作品。同时因她素有贞淑谨慎的性格,并有虔敬的佛教信仰心,所以日记里,充满了雅典的率直之气。

总之,《蜻蛉日记》的特色,不外四点,即一有高洁的宗教生活,二有深切的母性爱,三描写着夫妇间性格的相异——男的是轻快滑稽,女的是温良贞淑,四描写了爱欲世界的苦恼。现引译一段如下。

> 却说又过了二天,第二天申刻时分,门外要比元旦日,更多车马往来之声,"来了来了"的喊声不绝,与元旦日相同。心中殊觉凄痛,但也怦怦作动,当车近家时,男仆打开中门跪下迎接,但他却无理地过门不入地驶去了。则今日心中的烦闷,当可测知,第二天,据说大臣家有飨宴,非常热闹,因大臣家近在咫尺,暗想宴后或许会来,所以每当有车音走过,心就骚然。到了相当辰光,听见大家都已散席,门前有许多车马分散,于是当听见一有车马经过屋子时,心就怦怦地震动起来,及至佣人报知车马尽散,就朦然沮丧,失掉知觉。
>
> 第二天早晨,人未来,送来了信,没有作答他,又经过二

天,说是:"虽见急慢,实因事情太忙,夜间又太恐怖,如何能来。"但我说"因心情不佳,不能作答"地拒绝他后,突然地他却平然地来了,殊觉人生浅薄。当他开始无心的嬉戏时,因感非常气愤,对他诉说了近来的怨艾,但他一点也不回答,亟欲求欢,我就显出不高兴的脸色,虽然过分,但终待以冷颜,加以拒绝了。到了天明,他就不高兴地,一言不发地回去了。

这一段是她记述天禄二年正月时和她丈夫的纠纷的一小段,描写出她的丈夫的冷淡。她的文章非常难解、深涩,但却相当深刻。

三、《枕草子》

《枕草子》是日本最早的随笔,在这以前,可以说日本还没有所谓随笔文学的。是书为清少纳言所作,所以又叫《清少纳言记》或《清少纳言枕草子》,像现在一般单纯地叫作《枕草子》,似乎并非古称。按枕草子三字的来源,是出于书中的第三百段:"在中宫处,中宫对于内大臣所献上的草子说道:'把这些草子,写些什么呢?主上已写了本史记哩',因此我就说道:'把他当作枕吧!'中宫说:'不错,那么给你吧。'"这里所说的"当作枕",即是命名的起源。不过学者对于它有二种解说:一说当作枕的枕,即是通常的枕头,但实际上以后赐的物品当枕头,似乎不合情理,所以此说不可信;至于第二种说法"当作枕"的枕是当作枕之草子的意思,枕是枕畔枕上,转而成为身边座右的意思，草子是册子缀本，故枕之草子，即是置于座右的缀本，为一般对手头杂记账之类的通称，而非专用的书名，例如惠心僧都记述佛门日记的书，也叫作《枕草子》，就是这个原故。所以在严密的意义上说来，《枕草子》实有称为《清少纳言枕草子》的必要。

作者清少纳言，是著名的歌人清原元辅的女儿，自幼多才，读破《史记》《汉书》《蒙求》《文选》《白氏文集》等，长后遇皇后定子，征召有才的侍女入宫，她遂被擢。她在宫廷与《源氏物语》的著者紫式部同时。因紫式部侍上东门院彰子，定子与彰子争宠于一条天皇，所以清少纳言和紫式部也有文学的竞争，如果公平地说来，清少纳言要比紫式部胜一筹，因为她的机智学殖要比紫式部为高。她在宫中，曾与头中将齐信、头辨行、成修理亮则光等人恋爱，生有一女，未知何人所出。

她的宫侍生活，除奉侍皇后定子十年外，又曾侍奉过皇后的妹妹淑景舍女御过，待淑景舍女御死后，她就结束了宫侍的生活，至于本名、生死、女儿的前程，都漠不可考。

《枕草子》成于何年，没有确切的证据，不敢臆断，但从内容的记事看来，以宽和二年六月的记事为初，以长保二年八月的记事为最后，则其成立，当在长保二年以后，不过并非一时所成，似为络续所作。

《枕草子》的内容，复杂庞多，但大抵可分下列几种类型，就是：1. 关于自然现象的，例如春夏日云风雨等；2. 关于地理地文的，如山森林池岛等；3. 关于土木家屋的，如关、桥、陵、社、寺等；4. 关于动植物的,如木、鸟、马、猫等;5.关于神佛的,如佛、神、陀罗尼、修法等;6.关于人的,如法师、妇女、大夫等;7.关于趣味娱乐的,如弹的乐器、歌曲、音乐、游戏等;8.关于装束的,如束带、狩衣等;9.关于日用品及调度,如绘扇、织物、砚席子等;(以上大抵是关于自然现象及客观可见的事物)10.关于主观的精神内容,如可厌憎、可爱怜的诸段;11.关于四季的情趣,如正月元日、五六月的黄昏诸段;12.叙述自然人生的感怀的,如母亲亡了的人、美貌男子等的诸段;13.著者对当时见闻所录下的纪行感想,如小白河这地方等诸段。

此作的风格和品质,是在王朝时代里,放了特殊的光彩。第一,它有强烈的性格,正表现了清少纳言这种坚强的女性;第二,它没有其他作品般的感伤性,反而辉闪着锐利的知性和写实倾向。全书计三百零一段,各各独立无关,兹特译述几段如下。

春天的黎明最有趣,在渐渐发白的山际,带有微赤,披靡着紫云,实在有趣。夏夜是有趣的,有月时不用说,尤月的暗夜,有萤火飞舞,就是降雨之夜,也是有趣的。秋天以黄昏为佳,夕日辉煌,当倾近山际时,晚鸦归巢,三三两两地飞着,非常有趣,更何况秋雁结队,看去极小地在空中飞过,当更有趣了。日入后,风声虫声,神味奕奕。冬天以早晨称,降雪时不用说,就是有浓霜铺地,亦极有趣,如雪霜皆无,在此厉寒之中,赶燃炉火提着炭经过廊下,颇有冬天的风味。到了晌午,天气较暖,因此不管围炉、火钵里的炭火,让它燃成白灰,那是厌憎而宜戒的!

当七月时分,凉风频吹,大雨滂沱的日子,因为大体很凉快,甚之忘掉了扇,这时候,盖件带有微弱的汗香之薄衣而午睡,是最舒服的。

毫不犹豫地逝去的东西,是满风的帆船,人的年龄,春夏秋冬。

任叙国司(地方官)的时候,得不到官职的人家,是杀风景的。听到今年此人必定得官,于是从前服侍过此家的人们,无论现居乡间,或散杂他乡的,都聚归旧主家来,一门知己的车辕,出入不绝。如果主人要到寺社去祈愿,则都抢先奉侍,并且为预先庆贺起见,都大饮大食,但至任叙仪式发表的深晨,听不到来报喜的叩门声时,就都觉得奇怪,于是澄耳静听,只闻喝道之声满街,会议的公卿都络续归宅。那些为了打听喜信,从夜到晓发着冷抖,跑到公所去的仆人,沮丧地回来的时候,于是此家的家人,知道形势不佳,不敢询问,但那些刚聚来的旧家人,却不管是非,询问"老爷就了何职",于是那仆人就说"还是旧任某国司的御头"。唉,那些想依靠主人而来的人们,真是可叹。到了天亮,本来聚挤满屋的家人,都一个一个地溜回家去,但原在此家的仆人,却不能离去,大家都用手指核算着明年有何国可补的缺额,来回地徘徊着,实在是可怜而杀风景。

上面引用的末后一段,是描写不得官职的人家之遭遇,细致、深刻,表白了世态的炎凉和得失。

四、《紫式部日记》

《紫式部日记》为《源氏物语》作者紫式部所作,普通为二卷二册,其中记事,起自宽弘五年秋,至七年正月止。是作虽称日记,但实际上并非逐日而记,恐为后年的追忆录,不过其中关于衣饰之描写等处,却为当日所录下,于晚年整理时插入的。

此作内容,由二部分凑合,一部是纯粹的日记文,一部是消息(书简之类)文,据学者考证,认为消息文是以后掺入添加的。日记起自宽弘五年七月秋,记述土御门的情趣、道长邸宅的样子、皇后生产的模样、产后的仪式、个人交友、道长的行状、五节与其他宫中仪式、六年正月的御戴饼式以及翌七年正月的宫中行事等。至于消息文部门,则多为批判同僚之宫女的作品,被其批判的,有寮宫中将、和泉式部、赤染卫门、清少纳言、左卫门内侍等人,其他对于处世及艺术的诸问题,都有申抒。

在这部作品里,我们可以看到她和清少纳言的相异,例如她描写宫廷生活中的服装仪式,但她绝不如清少纳言般率真地直爽地表现出来,而是把它统一于情绪的世界,使读者感到它内面的气氛的。

在这部作品里,我们还能感到死别的丈夫的女性对人生所起的寂寥,同时能体谅到在热闹的宫廷生活里,静索过去的家庭生活,而浸淫于哀愁中她的心境。

这部作品,因为记载了宫中的生育仪式、公事、风俗、信仰,所以可以作平安朝文明史和风俗史的参考,同时,在研究她的阅历、言行、性格上,也可作贵重的参考资料。至于在文学的价值上看来,则可以看到宫廷女侍的浪漫精神,并不是仅只和泉式部式的,是还有较深的人间爱之一面的。并且在此作品里的理想主义的倾向,与《源氏物语》的幻想倾向相沟通,发展成《更级日记》式的憧憬与幻梦。

五、《和泉式部日记》

《和泉式部日记》虽为第三人称的作品,但实际上为作者站在客观的立场上,记述自生活的作品。

作者为大江雅致之女,幼名御许式,后为宫侍,遂称式部,因第一丈夫为和泉守,故名和泉式部。作者为一极美貌的女性,曾歌:"我家的樱花,毫无魅人的力量,来访侬家的,都是为了女主人公(自称)呵!"这首歌正表现出压倒樱花的自己之美貌和矜持。

式部幼时服侍昌子内亲王,当亲王将崩时,避居和泉守道贞家,所以在这个机缘上,式部和道贞得以发生爱情关系吧。结婚以后,道贞赴任,式部独自留在京都,颇有春闺之怨,如她的歌作"摘了枝岩石间的杜鹃花,好像良人所穿的染红的衣裳"表示其思慕之情,后在京生一女,但丈夫仍未归,觉得烦恼之极。原来和泉式部的性情,是充满浪漫的热情的,她有感性的苦闷,好追求异性之恋,是典型的娼妇型女性,所以怎能耐得春闺呢!不得已,她就赴和泉寻丈夫,但乡间的寂寞使她厌憎,所以不久以后,她就重返京都,开始过爱欲生活了。那时,她被冷泉院的诸皇子:花山院、三条院、弹正宫、帅宫等所热爱,终于投入弹正宫的怀抱里,其后弹正宫卒死,其弟帅宫就着着进攻,终于迎她到宫里。这时她的家中,因她过于浪漫,遂宣布脱离关系,经她几番的忏悔,才算言归于好。但不久后,帅宫又陡地死去了,这是使她感到无以名状的苦痛。

长和二年,她又和藤原保昌结婚,保昌为一武人,式部之所以嫁他,或许由于厌倦了当时公卿的软弱恋爱,想被当时新兴阶级的武士之劲腕所拥抱吧!但他们的婚姻,似乎并不美满,常有冲突。

总之,和泉式部的生涯,可分三期,就是:1.与道贞的结婚时代,是有不良少女的放恣、矜持、空想和感激,并且是非现实的(灵肉未剖时代);2.是与保昌的结婚时代,则是有闲夫人的恋爱游戏与自暴自弃的行动,不过其中含有打算的现实的肉的色彩(灵肉分离时代);3.是第二次与帅宫的结婚时代,实是最纯真的精神的恋爱生活(灵肉的对立斗争时代)。如果在艺术的生活上看来,道贞时代是天才的、奔放的,多生硬未熟;保昌时代是技巧的、完成的,但感情是类型化的;只有帅宫时代,技巧与情热都艺术地融在一齐,表现了最高的完成。推其原故,实因帅宫时代,正是她别了第一个丈夫、第一个爱人(弹正宫),又不谅于父母,受一世的毁谤的苦难时代,这时唯有帅宫的爱是赖,所以内外的变化,使她产生了佳作。

这部作品,即是描写她与帅宫的恋爱生活史,亦即从帅宫遗小舍人童赠歌起,经互相爱慕,被迎至宫,抢夺了原有的帅宫之妃的爱情止。其中对于事件描写的方法,虽时时插入和歌、信息、古歌、对话,增长了剧的效果,但在事件的背景、人物的服饰等的描写上,非常简单疏淡,因此影响得场面的空气非常稀薄。不过在心理描写上,则极其卓越,如她和帅宫之恋,相依又相离,相恋又相依,此进彼退,彼进此退,经过这种磨折,则双方的热情之火愈更旺炽,真是在嬉戏之中有真情,真情之中有戏嬉,在悲哀中有欢喜,欢喜中有悲哀,真达到了心理描写的佳境。不过这种描写,不是分析的,是抒情的,所以每当描写到灼热的地方,就使作者忘掉了站在第三人的立场,变成了主观的表白。现在译录其中的一段如下。

　　静静地,把车停靠在没有人的御殿下,帅宫走了下来,月亮非常皎洁。

　　"请下来!"

　　帅宫小声地说,于是女的就不惯地跳下车来。

　　"喂!这里是没有人的地方,以后就常到此处来清谈吧,因为你地方常常担心有人来访你。"

　　这样地亲密地清谈着,终于天近黎明,把车靠在廊下,让女的上了车。

　　"本来是应该送你回去的,但因为立刻就将天明,如果我陪你回去,准被人疑为昨夜和你同宿他处,似乎不很方便。"

终于为了这个原因,帅官没有送她。

这一段是描写帅官以车载式部到自己宫殿来幽会的一段,现在再译此后的想思如下吧!

过了二三天,也在月亮非常皎洁的晚上,女的走到靠庭园的房里,眺望外景的时候,有人送了帅官的信来。

"最近如何?卿赏月乎?"后面还附了这样的一首歌:

"我寄情于山崖之月影,想起昔日的幽会而悲叹,不知卿亦如吾,忆起昔日的幽会而悲叹?"

女的对于这封信,觉得要比过去的信更有味,尤其想起那夜在帅官的御殿里,月色皎洁,一面担心被人窥见,一面情痴地幽会的时情,于是写了首答赠的歌:

"虽觉今夜的月貌,仍为那夜同赏的明月,我尽眺月,但心中充满了忧愁。"

于是还痴痴地赏玩月亮,那天,终于黎明而起来了。

从上述的引文看来,我们可以知道这部作品,是充满了情绪缠绵的感情,有如蛇的红舌般执拗的闺怨。虽缺乏感觉的印象的笔致,而有抒情的热力,至于情事的描写,虽不至官能,但总有露骨的肉香。

六、《更级日记》

《更级日记》系管原孝标之女所作,女之母系伦宁之女,故与《蜻蛉日记》的作者,有姨母与外甥的关系。她的祖父资忠,曾祖父雅规,都是文章博士,所以她是生长于学殖渊博的门第里的。

《更级日记》的记事,系起自作者随父亲自上总返都的幼时起,至五十岁与夫死别止,内中的记事可分四段,就是:1.从上总到京都之旅行纪;2.归京以后直到委身为宫侍之间的家庭生活;3.关于宫侍生活;4.结婚以后的生活。

在第一段里,作者描写着她的年轻时的梦和憧憬,述说对于文学的热爱和对于自上总到京都的纪行。尤以纪行处最素朴而实质。第二段,记述归京后就任宫侍前的生活,是作者的梦与憧憬之成熟和破灭时代,因为至京以后,她果然有了欣赏艺术作品的幸运,她整日价沉溺于这些草子里的幻梦中,追想《源氏物语》里的光源氏和薰大将,她希望能得到从这些人赋与的情书,真是天真无邪的梦啊!然而梦,究竟是梦,现实生活的恶劣,使她渐渐苏醒过来,继母的离别、乳母的死亡、大纳言之女的死、姊姊的死、父亲长久的失官,以及就任常陆介后的离别,都使她感到现实的悲惨和无常,尤其当父亲罢官回来,隐居不出,母亲皈佛为尼的时候,她是达到了"觉得无依无靠""实在寂寞孤单"的境遇。

第三段是详细地描写宫侍生活的。她的就任宫侍,一方面是为了解脱自身的寂寞,一方面是为了立身出世。但结果都毫无所得,宫仕生活的痛苦和不惯,使她悲哀。此时她又和平庸的橘俊通结了婚,使她更直面到现实的真貌。不过在宫仕的记述里,有一段有兴味的记事,那就是作者在雨夜与源资通等人品定春秋之美的一段,这里,充满了宫廷的缠绵气氛,充满了男女间高尚的交际精神,也许是作者一生中,唯一的抒情场面吧!

第四段大都是她不幸的记录,她在结婚以后生了一男一女,于是渐渐走上真实的生活,作为慈母,作为实切的主妇,想培植自己的儿女之成长。但是不幸得很,她的丈夫突然在得官的翌年患病逝世,这使她蒙了极大的打击,使作者眼前的一切现实生活,崩溃下来,代之而起的,是佛的世界,是另一个梦幻的世界。

总之,《更级日记》是记述作者的生涯史,将作者的一生,分成梦、梦至现实、现实又复归梦的三个阶段,而表现出来。至于文章方面,洁朴、流丽,并有许多咏歌。现译二段如下。

再往前走,爬过了非常难登的猪鼻山坂,到了三河国的高师滨,此地的名胜八桥,实是有名无实,毫无可观的价值。在二村山中过夜的晚上,因为是在大树下搭的小屋,整一宵从房顶上落下来许多柿子,大家都抢拾着。越过宫城山的时候,是十月下旬,红叶还未凋零,正是盛繁的当儿,遂吟了句——

这座宫城山,乱暴的狂风大雨,还未袭了来,那些嫣红的红叶,残留着未曾凋散。

跨夹于三河国与尾张国的菅渡头,风景佳极,真令人起依恋不舍的情趣呵!

这一段是描写纪行的,现再译一段记述人事的如下。

九月二十五日,罹了疾病,到了十月五日,就如梦一般地逝去了,真是充满了悲哀的心情,觉得世上没有比这更可悲的事情。想起在初漱诣,供献镜子给寺院时的梦来,那一面映着卧哭着的姿态,则是出现于目今了,但另一面所映的愉快的姿影,在过去还未实现过,至于今后,当不会出现。二十三日(火葬之夜——译者)想起去年秋天,替他(指其子——译者)穿上华丽的衣裳,送他跟父亲去上任,但今年今夜却在墨黑的衣上,套上丧服,在父亲的遗骸车旁,啜泣地走着。一切都是难以申说,悲哀难堪,也许如斯地我也迷入于梦之天国,能使我的丈夫的灵魂,离了骸身,前来会见我吧!

这一段是她描写丈夫死后的悲痛,想起去年此时的荣华,又看到今年的落胆,使她渐渐复归于佛的世界,以求超脱。

此作传本,错简极多,幸经玉井常助氏的研究,将错简加以校正,得以畅读。

七、《赞岐典侍日记》

这部日记是出现于平安朝末期的作品,作者为歌人藤原显纲之女,名叫长子,因于崛河天皇康和二年十二月,赴宫为典侍,遂被称为赞岐典侍,故其日记,名为《赞岐典侍日记》。

作者在宫内服侍崛河天皇约五年半,后因崛河天皇逝世遂返故里,但不久又被召返宫,服侍新帝鸟羽天皇,约有十余年,至于其生殁的年代,无从确证,而此书的着手记录似在三十岁前后。

此作成立的时候,正是平安朝文化趋于没落的时候,甚至所谓学者也都受着迷信的支配,靠梦来卜运命般的愚昧时代,一般人的智慧都极是暗淡,意志衰败,感情萎微,世间简直像不知有晴朗的梅雨天。生在这种时代里,如果能与世俗同流合污地迷路、怯懦、哭泣地过日子,那还是幸福的,然而是作的作者,却有相当锐利的脑子,相当倔强的性格,因此虽占有若干衰微的时代之渲染,但终不能和现实的环境相调和,似乎深尝到深刻的自己分裂的悲哀。

此部作品,分为上下二卷,上卷记载嘉承二年六月二十日崛河天皇发病,至七月十九日驾崩,约一个月间的情形,明白地叙述着作者亲侍天皇生病的情形。下卷记载自崛河天皇驾崩以后,作者服侍新帝鸟羽天皇起,约一个年头的情况,多是回忆崛河院(讳号)的哀情录。简言之,上卷是描写崛河天皇的驾崩,下卷是追慕崛河院的哀余录。现译录一段如下。

> 大贰三位立在天皇的后面,我让天皇的背紧靠着我,我捏住天皇的手,觉得天皇的肱,冰冷非凡,在如斯炎热的时候,能感到天皇的肱这样地冰冷,实在惊奇难受得无法言喻。
>
> 召命僧正又召命十二个侍从来,简直喧闹得听不见其他的声音,大臣殿三位,用手指沾水,在天皇的嘴上涂着。

只有念经是格外的起劲,虽然诚念着:"大神宫请救命!掖助!"但毫无效验,天皇的目色,已渐渐变了起来。僧正没有立刻到来,等了稍久才到,在平常,女房都是隔离地坐着的,但今日因为都失了神,所以忘记羞耻,挤在一团;僧正,三位殿二人,天皇和我,一共五人,也挤在一团,宛如头上冒着热烟,目不转睛地不惜声音地念着经。谆谆地祈念着神佛的样子,实在是颇为敬虔有望。本来在有疾的时候,就是普通的和尚,能够加以祈祷,就觉安心可靠,更何况有僧正那般佛法高深的人,来专心祈祷呢?他说:"自从削发为僧,六十有余年,但佛法毫无衰微,祈以此旺盛之佛法,医愈吾皇之目色。"他念念有词,好像对人诉说一般,祈祷佛法来医愈天皇的目色。但结果毫无成效,甚之连天皇也连声念佛。可是不久,天皇的嘴,终于不动颤了。

关白知道天皇已将临终,说道:"那么告诉给法皇知道吧!"于是召来了民部卿,关白就到帘子外,不知和他说了些什么,只用小小的声音,托付了民部卿俊明,俊明就奔驰到法皇处去了。内大臣靠近天皇说道:"已是无望了。"就正了下天皇的枕头,抱着让天皇躺下来。

这一段是描写崛河天皇的崩驾情形。文章素朴平凡,缺少文学的色彩,不过在这种带有涩味的笔力里是有种能击动读者心腑的力量的。

(参考书见第二十九章末)

第二十八章 镰仓室町时期的散文

概　说

镰仓、室町时代的散文,大致有三种,就是日记文学、随笔文学和纪行文学。

所谓纪行文学,乃是以"旅"为中心的日记,在其基本意义上说来,并不是属于日记以外的作品,不过日记之中描写旅的,仅占其中的一部分,所以日记的范围比纪行来得广泛,纪行文学可看作是日记文学的内含物。在平安朝时,对于纪行的作品,不认为它有独立的存在价值,例如《更级日记》的第一段,就是典型的纪行文学,但一般仍把它当作日记文学看,及至镰仓时代,才有把它们分开的倾向。

纪行文学的本质,即是以旅为中心,那么这个"旅"是什么呢？实际说来,旅有解放人的俗务的魅力。在旅人之前,有美丽的自然和暗示极多的人生,旅人在这些新奇与杂多之中,无言地跋涉着,抛弃了平常生活的束缚,浸淫于新的自由之氛围气。旅能安慰漂泊者的灵魂,使人间有了新生和苏新。不过旅,对于人间有二种要求,一种是一切在旅行上所感所见的新奇,捉住了作者,使他为了不忘这些新奇,让作者执笔为文,这些作品,是单单地记述新奇之作,是种备忘录见闻录的作品,缺乏文学的价值。但还有一种使作者执笔为文的力量,那不是旅的新奇,是旅行上所感到的旅愁、乡愁,被这种感情所逼而执笔所成的作品,是有浓厚的艺术之薰香味的。因为这种乡愁是纪行文学的本质。

人生本身就是旅,在外国童话剧里,有年青的兄妹,为了追求幸福之鸟跋涉远途的,这就是象征着人生。人生是常常追求理想的,是永远地继续着白云之旅的,所以日记是人生的纪行录,纪行即是人生的日记。从这点看来,我们可以知道日记与纪行之不可分了。

在镰仓室町时代,最著名的纪行文学,是《海道记》《东关纪行》《十六夜日记》等。

上面,我们已略论过当时的纪行文学,现在再来考察下当时的随笔文学吧!当时的随笔文学,出现极多,且都如实地反映着时代的真貌。正如周知的事实一般,中世四百年是失掉了育于山紫水明的平安文化,彷徨于兵马倥偬乱杂杀伐之间的时代,同时却想从物的世界身的世界脱却,投到灵与心的世界去。这种努力与苦闷,实是产生江户时代灿烂的庶民文化之基因,所以我们对于这个所谓黑暗期的有孕之贤母,应该表示相当的敬意。

普通人评中世期是"隐慝的贤母之勋功",这是最佳的评言,这种

贤母的心情形状,都是充分地反映在当时的随笔文学里,也就是当时随笔文学的特征,现分述如下:

1. 备尝苦闷(《方丈记》《逆衣》);
2. 佛教信仰极笃(《徒然草》《骸骨绘赞》);
3. 不怠于心之修养(教训的随笔类);
4. 然而也不是顽固执拗的丑妇并时常注意衣饰化妆和嗜好(《固身》);
5. 靠着体会自然之美,而感无限的愉快(《徒然草》《梦庵记》《三爱记》);
6. 重学问之钻研(知识的随笔类);
7. 注意率下仕上的心情(《文明一统记》《樵谈治要》);
8. 不忘温故知新的态度(评论的随笔)。

以上即是中世随笔的特征,至于当时最著名的作品,当推镰仓时代的《方丈记》与室町时代的《徒然草》,其他并没极大的价值——在文学上。

至于日记文学,在中世极其不振,有些虽名日记,实则是完全的纪行文学,像《十六夜日记》等,这种现象,当然是时代的反映,因为此期一般的世相,都是动的,静静地耽溺于回忆的谷里之倾向,颇难保持。当时的作品,有《源家长日记》《辨内侍日记》《中务内侍日记》《春之山路》等。但并无极大的文学价值。

一、《方丈记》

《方丈记》为镰仓时代一大散文名著,作者鸭长明,但据藤冈作太郎的考证，认为《方丈记》非鸭长明自作，而是后人改缀庆滋保胤的《池亭记》而成的，此说虽有若干理由，但未被一般学者所肯认，故是书权认为鸭长明之作吧。

鸭长明原为京都加茂神社之祢官，长于音乐和歌，因颇不得志，遂削发为僧，隐于大原山。此后幕府将军实朝，闻长明名，曾召见，但不久又归京都，于是造一室，计方一丈，高七尺许，柱楹屋厢都用活动门合成，关闭自如。当他觉得居处不满意时，就将屋载在二轮车上，移住他处。自后，终于移至田野的外山长栖。当时长明室内所有的物品，只有佛像、书籍、筝、琵琶。《方丈记》即为成于是室的作品，故名"方丈记"。

《方丈记》的全文，在冒头处提倡着著者自身所抱的无常观，叙述人与住家的不长，将其亲身遇到过的安元大火、治承之旋风、福原迁都、养和之饥馑、元历之大地震等，都描写出来。用来例证其无常思想的正确。其次述及偶或不遇灾害，但亦有其他各种苦恼，最后则转笔描写作者自身，言其虽居贺茂河原与大原山，但认为非安住之地，频发对自己的庵室之感想，并告白自己的不曾真"悟"。

总之，《方丈记》的内容，可分二部，前一部是述说人生无常与其实例，第二部是个人的阅历与闲居气氛。如再细分，可成十四小段，但都整然统一。

至于鸭长明的思想，也有二种，一种是上述的无常观的人生观，因为地上所起的一切灾危，使他深尝到人世的滋味，再加之他幼是孤儿，长后又过不遇的生活，使他起厌世的思想，世中一切，在长明看来,是不如意的,是不安的。好像是流水中的浮泡,被朝日晒着的朝露像开首逝奔之川流的一段,实是譬喻着著者的无常观,构成《方丈记》的基调之哀愁文学。

作为其第二思想的,是《维摩经》的思想,在《方丈记》的卷尾处,有"其时心中更无所答",以默然为结束,实可看作受有《维摩经》的"一默"之思想。

总之,《方丈记》不但有极大的文学价值,并且在记述五大灾危之处,实是有力的史料,现译录几段如下。

> 逝奔之川流,不绝地流,但已非本来的水了,浮在淀池上的水泡,且消且生,但无永久不消的,生在世上的人和住屋,也是如此的。在都会中并栋叠甍高贱人士的住屋,虽经长年代而不尽,但试问这些是否是故居,恐怕是极其稀有吧! 有的大家亡成小家,住的人也是如此;不变地方,而且子孙繁荣的,恐怕在旧识二三十人中只有一二个而已。朝死夕生,这就是人生的实相,极似于水泡。不知道生的人或死的人,从哪里来,到哪里去;也不知道一时的住宅,究为谁烦恼,为何悦人目。主人与住屋之共赴无常,宛如牵牛花上的朝露,纵或露落花依旧,但不久亦得被朝日所晒枯,纵或花萎露依旧,但也不能留到黄昏。
>
> 大凡从开始有了知觉起,经过四十余年的春秋,常能遇到若干世间的异事。当安元三年四月二十八日,大风烈吹,

骚闹无已的夜间,正当戌时,由京都之东南方发火,延烧至西北方,延及朱雀门、大极殿、大学寮、民部省,一夜功夫,这些官署,都成了灰尘。发火之处,为樋口富小路,是间住居病人的小屋,发火以后,因被猛风激吹,渐渐蔓延,宛如有扇子煽动一般,终于延成一片。远屋隐在烟里,近处则被火焰所包围,空中则飞扬着炉灰,映着火光,显得通红的天空里,有不堪大风吹激的火焰,如飞地越过一二条街道而远逝。在这火光包围中的人们,都失神出魄,有的被烟呛住喉咙而倒下,有的被焰燃烧而卒死,有的仅以身免,不能推出资材。于是七珍万宝都化为灰烬了。这种损失是多末的大呵!此次公卿之家,计烧掉十六户,其他更不可数计,统计都中的住屋,烧去了三分之一。男女死亡者数千人,牛马牲畜无计。唉!人类的处世,真是愚笨,要在这样危险的京中,建造房屋,既费财宝,又得深尝苦恼,真是何苦来!

又于治承四年四月二十九日,从中御门京极左右,突起旋风,吹至六条渡头,激厉非凡,当它越过三四条街道的时候,则在这风所及的范围里所建的家屋,无论大小,都悉数倒溃,宛如平然倒塌,所剩的只有桁柱。此风把大门吹至数条远的街上,把墙吹倒,与邻舍的墙混成一片。至于家中财宝,当然悉数飞至天空,其他如桧木房顶、板类,都像冬天的木叶,被风吹散,尘起如烟,所以伸手不见五指。在它的怒吼之中,听不到其他的物音,恐怕这就是地狱的暴风吧!不仅家屋损亡，连为了修缮房屋的人，也都受了重伤，成了残废。此风后来吹向西南而去了，但却造成了许多人的悲叹。旋风虽是常起的东西，但不曾有过这样严害，我疑为这不是平常之事，是对于我们的一个警戒吧。

以上是描写火灾和旋风的自然灾难，现在再译段他隐居于山中的闲居情趣吧！

  如果懒于念佛，怠于读经之时，就自休自息，既无人妨碍，也没有友人来耻笑。在此地，我虽然没有特别的默不一语，但因孤子一身，所以自然地能修沉默之业。虽然没有一定想守戒律，因无破戒之对象，如何能以破戒呢？或在白露沾身之早晨，眺望往来于冈屋之船，偷尝满和尚的风情；或者当桂风吹动树叶的夕暮，静思浔阳江头，仿效源都督的风习；或当兴起时，就在松篁之下，拟秋风之叶，在水音之中，操流泉之曲，技艺虽见稚拙，但不是为悦他人的耳目，而是独自调奏，独自咏诵，独自修养心情。

从上面的引文看来，我们知道《方丈记》的文章是以对偶为主，最能表现出镰仓时代文学的特性之名文。也就是和汉融合文的先驱，在文学史上，占着重要的地位。但其中因过于注重形式文辞，有不得兼顾内容之弊。

二、《十六夜日记》

《十六夜日记》为镰仓时代有名的纪行文学,作者为阿佛尼,本名为平四条,或称平右门卫佐,年轻时服侍顺德天皇皇后嘉门院,后嫁歌人藤原为家为后妻,生为相、为守二子。为家有前妻所生二子,名为氏、为教,当为家死时,因嫡子为氏不孝,遗言将历来所领的播州、细川庄、江州、小野庄为后子之业,但为氏因欺弟弟年幼,不遵父亲的遗嘱,强夺弟弟的所业,致使阿佛尼气愤不堪,遂亲赴镰仓,向幕府申告。这部《十六夜日记》,即是她自京赴镰仓之间的纪行,因其离京之日,为十六夜,故名是书为《十六夜日记》。

此书的内容靠下列三部构成:1.旅行前记,即是自"孝道"起笔,叙为家之遗言,贤王之政道、歌道,以及自己之家柄、领地,然后再道破与为氏之争,赴关东的详情,在译别儿子一幕,充满了缠绵之情。2.旅行记自西京田口起笔,从逢坂、野路、守山等的近江路,经不破关、笠缝里、一宫、热田,过鸣海泻、二村山、八桥、高师滨、滨名、天龙川、小夜中山、大井川、宇都山、清见泻、田子浦,然后再从三岛到箱根路,经酒匈而至镰仓,每遇路况的风物,就泄其个人的感慨,在吟咏里抒其闷闷的愁情。3.旅行后记,亦即镰仓滞在记,从所住月影谷的风物写起,则记与京都诸人的酬歌书信,然后以一首长歌,结束了全作。

作为《十六夜日记》的特色的有二,一种是文体,一种是作者的感情。因为在镰仓时代的作品,多已淘汰了柔软的平安风的文章,但此篇《十六夜日记》,则仍为由女性纤手所表现出来的平安朝文体,婉柔优雅,为当时古文的牛耳。至于第二特点,就是充满了纤弱的母性爱,透露出爱子思子之真情。现在译录二段如下。

时当初冬,不定的天空,不绝地降着时降时停的时雨,被风所吹的木叶,与眼泪共散乱。触景生起孤苦悲哀的感情。因为不是能托人可以做到的事情,所以虽感旅途多忧思,也无法停止不去,只得匆匆起程。回看下从来时时看着的,但却逐日荒芜的庭园篱笆,可爱的人们之袖泪,并在难以安慰之中,为守为相的强作欢颜的样子,使心中痛苦万分,于是用各种甜言蜜语安慰了番,再看看卧室,看到故人的枕头毫无变化,而衷心更哀愁,就在旁边写了这样的歌:

自我去了以后,还有谁来拂去留在古枕上的尘埃。

这一段是描写她离家赴京的,现再译段纪行的吧!

将暮的时候,过了清见关,越岩而飞溅的海浪,好像替岩石穿上白色的锦衣,非常好看。

清见泻的古岩石啊

我想问你——你穿过几重白浪之衣[注]

不久,天暮了,就在靠近海的村里住下,大概是渔人们燃烧的吧,从邻近冒来了难嗅的熏烟,想起了"夜居宿店的腥气"之句,整夜风声激厉,浪如在枕旁湃澎。

[注]白浪之衣即原文之"濡衣",濡衣为无实之罪的意思,作者以此语表示其本心的洁白,毫无罪恶。在此歌中,一言双关,宜深会之。

三、《海道记》

《海道记》亦为镰仓时代有名的纪行文之一,作者不明,相传为鸭长明,但不得确信。此作的内容,述"白河渡头中山麓下的闲素幽栖居士"于贞应二年四月四日,离开京都,向孤云辽远的关东旅行,中间"行行重行行,山水野塘之兴增见闻;历历更历历,海村林色之感愈珍奇"地,越过了海程百里,在道中景仰富士,想起《竹取物语》里的赫耶姬,然后费了十三天的功夫,才在镰仓宫大路,解下旅装。但这时的作者,是染上新的旅愁了,于是他歌道:"怀念着京都紧盼日子的人儿,在关东举头望室中的明月。"他在镰仓,访问了若干友人,但都不遇,到后来却和一个旧知相见,算是聊以慰藉了旅中的寂寞。自后十余日,因母病就急于离镰仓而归京了。

总之,这部作品的内容,可分三段,第一段作者先述自己的生涯,然后想出京为僧,盛赞镰仓之地而开始企图远行,第二段述贞应二年四月上旬五更,离了京都开始旅程,第三段述出都遇雨海道之行色、镰仓的行状与佛教思想的宣传。

是作的文章,为彻头彻尾的骈俪体,有畅达之笔劲,优丽的辞藻,实是能文之士的作品,如果夸张点说,它是最典型的新兴散文样式,因为它是和汉混淆体,有对句叠句、汉土的故事和佛教思想。现译录一段如下。

五日,离开大岳前行,经内白河、外白河,到了铃鹿山,此山以后即为伊势国。重山云岭,越过后则千丈之屏风愈多,群树流烟,钻登后,则万寻之帷帐更厚,峰上松风调曲,嵇康(竹)之姿频舞,林中叶花稀残,蜀人之锦(红叶)才散。不仅如此,山中女神之夏衣,沾染树梢之绿色,群谷回响之声音,唱和谷鸟之鸣声。在此山中,行了若千里,则羊肠小径愈显崄峻,时绊驽马之足,总之此座高山,一山之中隔成数山,阻于千岩之峰,一河之流,流成百濑,浸湿行人之足。

看此段引文,就可以知道此作的文脉,是如何的受有汉文的影响。

四、《东关纪行》

《东关纪行》是与《海道记》相并称的佳作,作者不明,或云为鸭长明、源光行、源光行之子亲行三人中之一个所作,但无确证,不能证实。不过据一般考证,认为《东关纪行》,乃后人以源光行之《路次记》为蓝本,而加以润色者,似乎差强人意。

书名《东关纪行》的东关,系指关东,述其由京都赴镰仓之间的纪行。内容大抵如下,即首先叙述本人的感怀,言龄已近半百,无事可为,于是在仁治三年秋八月,到关东去旅行,其次即为各地之纪行,镰仓之滞在记,浦岬之游览,鹤冈、若宫之赞叹,二阶堂庄严之敬服。至于末段则为记述十一月二十三日离镰仓的情形。

《东关纪行》的文体,与《海道记》相类同,不过《海道记》比《东关纪行》来得更汉化。但《东关纪行》也充满了对句,作为其文饰上的唯一生命。文中多和歌。有若是较新的作品,如《千载集》中的东三条院之歌、西行、后京极摄政良经之歌等,颇可注目。其中应当注意的,是此书所载的故事,往往有误于事实的。其他如记事之多枝叶,文辞之不整,不显畅达,都要逊于《海道记》良多。现译其中的二段如下。

过了关山,据说到了打出滨(近江国大津市附近——译者)栗津原,因为天尚未明,不能看清。据说从前天智天皇时代,从大和国飞鸟的冈本宫,移都至近江的志贺郡,造了大津宫,想起这里有从前宫殿的遗迹,似有虔肃之感。
天智天皇的宫殿大津宫
已经荒芜了,只有
名声还留在人的耳里的滋贺旧都呵!

看此文章,虽不能窥到它的整貌,但大体上,其着想的平凡和缺少诗想之事,总可体察到吧!

五、其他作品

镰仓时代除上述诸作以外,尚有若干随笔日记和纪行,因无极大之文学价值,以及缺少篇幅,只得略述于下。

《无名草子》作者为俊成女京极局,但亦有云为俊成女越部禅尼所作者,莫衷一是。成于建仁二年,内容系模仿《大镜》,述一八十五岁之老人，与诸人闲谈，评及古代物语和歌等作品，有卓越的见解，为评论随笔之杰出者。

《野守镜》源有房所作，为评论和歌宗教的随笔。

以上为随笔作品，以下为当时的日记。

《建礼门院右京大夫家集》作者为世尊寺伊行之女建门院右京大夫，虽为家集，实系日记，以和歌三百一首为中心，记述自己的生活，述及平家没落处，有无限的感怀。文章精细简劲。

《辨内侍日记》中务大辅藤原信实之女所作，系宽元四年一日至建长四年十月之间的日记，亦以和歌为中心，文笔平淡无奇。

《中务内侍日记》宫内卿藤原永经之女所作，记弘安三年至正应五年的宫中生活，笔致古雅，有浓厚的佛教思想。

《源家长日记》作者源家长，记事自建仁至承元二年，多为和歌编纂经过等和歌史资料，文体带拟古调，辞句雅丽。

《春之山路》作者飞鸟井雅有，记事自弘安三年元旦至十二月三十日，中有关于蹴鞠和歌等的记事。

至于纪行方面的作品，还有下列几种。

《转寝记》为《十六夜日记》作者阿佛尼所作，前半为日记，后半为纪行，记载京都至远江的道路行程，文体不及《十六夜日记》者良多。

《伊势记》鸭长明之作，大抵散佚，其中硕存者，为记述伊势之地理与人文，以及神宫的一切诸段。

《信生法师日记》信生法师所作，记述元仁二年离京赴镰仓，后又折入信浓等地的旅行记。

除上述各种作品以外，当时尚有极多之法语类作品，多是关于佛教的著书，如法然上人之《语灯录》，编纂法然、亲鸾二人的言行而成的《高祖遗文录》，一遍上人的《语录》，他阿上人之《法语》，问阿上人之《三部假名抄》，都是佛教文学中的名著，因乏文学的价值，故一律从略。

六、《徒然草》

在镰仓时代，著名的散文作品，大抵已如上述，至于室町时代的散文作品，虽不见少，但著名的，仅只《徒然草》一书而已。

《徒然草》的著者，为吉田兼好，据一般通说，其家系属卜部氏。系代代神官，因住于洛东吉田，故姓吉田，青年时代，仕于宫廷，倍受后宇多天皇之宠爱，后出家，旅行各地，暂住于洛西双冈，晚年住于伊贺国、国见山山麓，直至死亡，时当正平二年六十八岁的时候。他长于和歌，故与顿阿、净辨、庆连同称为四天王。

上面系一般的法师的传记，但据吉泽义则氏的考证，认为有不确之处，例如出家年龄并不在宇多天皇驾崩之后（四十二岁左右）而是在三十五岁至四十岁之间，同时法师之住居于吉田双冈，亦因缺乏文献的证明，认为不可靠。但吉泽氏的考证，似系新说，尚未被一般学者所追认。

《徒然草》全篇二百四十三节，分为上下二卷。书名之由来，是根据卷首的"在徒然无聊之间，整日价向砚……"的文句而成的。成立年代，论者不一，有的认为是法师死后，由弟子命松丸所编成，但此说殊不足信。还有一说,说建武三年以前,于吉田及双冈著述上卷,同年夏以后,于伊贺著述下卷,但此说亦被最近的考证所驳斥。最近的一说是橘纯一说,他根据此书对诸天皇皇族的称呼,证明其为正中元年五月到元弘元年九月的七个年中所作成,亦即在兼好法师四十二岁至四十九岁间执笔的。此说似乎较佳。

《徒然草》因为是最典型的随笔,故内容极其复杂,正如作者的庞大杂多的思想一般,但大体上可分二面,一面是趣味的(趣味论者),一面是教训的(求道论者),但教训方面要较趣味为多。这是由于时代的空气所致。趣味方面,是与兼好私淑的《枕草子》相同,都趣味地观察万事,但趣味的内容则相异。因为清少纳言是深爱优美、艳丽、闲寂可怜的诸相,但兼好则不尽然,他尤好《新古今集》以后的"幽玄",所以他所认为美的极致,是幽雅闲寂,这正与当代歌人们所抱的共通观念相同。

兼好在教训方面,喜执中庸之道,他克服了偏执与拗执,这是靠他的人生体验与老佛儒之教的教养而修成的。

他说佛教,但不偏于佛义,他说老庄,但不偏于老庄,他说儒教,亦不因于孔孟之说,只是从己之意,泄出他独自的佛老儒的口吻,因此,他不是儒者,也不是道者,更不是佛徒,是个富有诗情的诗哲。所以他的教训都是二方面的,可以通融的,譬如他言吃酒之危害,但也说饮适当之酒的快感;他谈说趣味的恋爱,但也强调不要为情欲而戕生;他的无妻无子的主张,只是作为自己的主张,并不劝人亦如此,所以有时他也谈有妻子的幸福。这样看来,兼好似乎成了矛盾的人了,其实不然,作为他的思想的,仍有统一的存在,那就是他的性行超脱了人生,宛如禅僧之飘逸一般,达到了脱却小我之境地。不但如此,就是《徒然草》的内容趣味与求道,也是浑然地融成一个的,那就是平安朝以来所洗练的 mononoa ware 的趣味,浸透了佛教的无常观,成为新的悟道的趣味。

以上是此书内容的考察,现在再站在文学史的立场上,来考察下他的形体吧!实在,《徒然草》可以说是《枕草子》式纯文学随笔形体与当年教训的谈义式说话文学形体相融合的作品。换言之,亦即作为在《枕草子》中可见的随笔形体,与当年教训的说话文学形体之交错融合,即是《徒然草》的形体。这就是《徒然草》的文体的意义。

其他如内中所含的史料,如松下禅尼之训言、《平家物语》的作者、《梁尘秘抄》的《郢曲》,不论是否正确,都是可贵的史实,至于作为思想文学的嚆矢,投与江户文学的影响,更是不可抹杀的事实,现译几段如下。

> 八岁的时候,向父亲问:"佛是什么成的,父亲说佛是人成的,又问人如何成佛,父答靠佛的教诲而成,又问教人之佛被何人所教,又答那当然是被从前之佛所教而成佛的,又问那么开始教诲人的第一尊佛是怎样的佛呢?父亲说恐怕是从天上降下、地里涌出的吧,说完笑了起来,后来他和旁人谈起,觉得有趣,并且告白说被诘问住了无以为答。"

女人的发，如果美观，易引人目，但人柄气质，在谈话的态度上——就是隔着屏障之类——也能窥知。

无论何事，就是小小的起居动作，女人也是来魅惑男子的，一切女人和男子同卧而不得安眠，为恋不惜生命，能忍耐不能忍耐之事，无非是为了色情。（是为了受男子之宠爱——译者）

实在，爱着之道，其根极深，其源极远，六尘之乐欲虽多，但皆可弃，只有其中的色欲之迷，是难止的，无论老幼智愚都是如此，因此有这样的传说，说是用女人的发搓成的绳索可系大众，用女人所穿的木屐所制的笛子，能召秋天恋妻的雄鹿。宜深深自戒这个可恐可慎之色迷的诱惑呵！

上段是述男女色情的执迷，言其不可因此而戕害。

迷惑人心之事，以色欲为最，

人的心真是愚昧，明知道香是假物，暂时地薰在衣上，但还一闻到这种无可言喻的芳香而心动！

久米的仙人，看见了浣衣女的白胫，忽生尘心而堕落，这是由于那女人的手足皮肤清美而肥，柔腻油滑，不是假的颜色，是种真色所致。

这一段乃是讲说着性欲是人的根本义，同时指摘出人被假香所

迷的愚昧,并肯了真色迷人的力量。

并不是仅仅百花盛茂皓月当空之时,是值得观赏的,在独对雨夜,眷思明月,垂帘杜门,不知春之逝去的那种情趣,是更见有味的。含蕾欲放的枝梢,散萎的庭花,也更有可赏之情,像和歌的前引所书的:"出外赏花,但已散尽,因了赏花不果之类,要比'见花'不见恶劣。爱慕花散月倾的风情,实是应该的,只有顽固的鲁男子,才说'此枝此花,业已散尽,无可观赏'的。"

世事之一切,只有始和终最有趣味,就是男女之情,并不仅是指在相逢的时候,细思不能相逢的辛酸,诅咒无实的誓言,独自地空待过秋天的长夜,忆着远处的恋人。在荒芜的屋子里,想起昔日的恋情,才是真正的恋爱。

不忘后世之事,熟知佛道,实可羡称。

静居山寺参佛,毫不无聊,觉得拭清了心的浊波。

独自在灯下,披开书,以古人为友,恐是世上最慰快的事情吧,在书籍之中,以《文选》的有味诸卷,《白氏文集》《老子经》《庄子》则为有味,本国学者所写的作品,在古籍里,也有很多有兴味之作。

以上是修养的小感想,隽永可玩味。

　　人能节约自己,不骄傲、不积财、不贪世中万物,是可羡称的,从古贤人稀有富者,在中国,有个名叫许由的人,毫无随身之物,连饮水都以手捧持而饮,后来有人送他一瓢,饮后,挂在树上,被风吹动,历历作声,觉得烦厌,就把它弃掉了,又以手来捧水而饮,像他这样人的心,是如何的皎洁呵!又有个叫作孙晨的,到了冬天,也无被衾,只有一束藁草,夕卧朝收。中国人因为觉得这种人非常伟大,所以书于典籍,传了下来,但现在的日本人,则是不会语说传继的。

　　唐格中将的儿子行雅僧都,是教人经文的和尚。因发热皮肤臃肿,由于年月增长,终于鼻子肿塞,不能呼吸,虽然经过各色医治,毫无效念。而病反加重,终于目、眉、额都肿成一团,遮住了眼睛,好像成了演二舞时所戴的假面。如此地变成鬼脸,目在头顶上,鼻在额上,到后来也就不愿和他人见面,整日价杜门不出,年久,疾更利害,遂致死。世上原有这样的病啊!

以上二段是种传说的记录,一个是汉土故事,一个是和朝故事。

觉得卑贱的东西,是座席四周有许多家具,砚旁多笔,修行者的看经所多佛,庭园多叠石草木,家内多子孙,逢人多言语,祈愿文中多记自己之善行。多而不觉厌的,是文车(积书车)多书籍,尘堆多尘。

这一段颇似李义山的杂纂。现在再译一段法师对武术的意见如下吧!

人都喜欢与自己关系较远的事情,和尚爱武术,关东武士不知拉弓之术,装着懂佛法的神气,咏连歌,嗜好管弦,这些东西,虽修得极好,也要比他的本分,更受人轻视。

不仅和尚好武,连上达部殿上人上流人之间,爱武的也极多。实际说来,百战百胜是不应称之谓勇武的,因为这是当乘运破敌任何人都成勇武。只有兵尽矢折而不降敌,杀身成仁,这才能扬勇武之名。活的时候是不能夸矜勇武的。所以像这种远人伦近禽兽的野蛮举动(武术),如果非其本职,实无喜爱的益处。

室町时代除上述著名的《徒然草》以外,尚有其他许多散文作品,随笔有下列几种。

《骸骨赞》作者庆运,富于个性机智、幽默,并有人生之体验,宗教之深索,是描绘出人生机微的书赞。

《三爱记》为连歌师牡丹花肖栢所作,赞美花、香、酒三物的抒情小品。

《梦庵记》作者同上,素描独自隐居的生活,表现出生长于自然怀里的人生。

《东斋随笔》作者为一条兼良,是作为记述和汉杂事的作品,内容极广泛,有音乐、草木、鸟兽、人事、诗歌、政道、佛法、神道、礼仪、好色、游兴等十一类。

《小夜寝觉》亦为一条兼良所作,是他献给妙禅院富子之书,内中为批评文学、健谈政治的作品。

《樵谈治要》亦为一条兼良所作,为作者对于政治之意见书,述神佛、廉直、诉讼、奉行、近习等八条。

《榻鸸晓笔》或称为一条兼良所作,但有可疑,计二十卷,记述和汉故事、杂话。

以上为随笔之较著的,至于日记方面,有下列各种。

《竹向记》作者竹向系日野资名之女,西园寺公宗之妻,此作为室町时代唯一之女性假名日记,故极可贵,计上下二卷。上卷述事自元德三年十二月至正庆二年六月,下卷自建武四年十二月至贞和五年,因不相接,似乎有中卷散佚。是作内容,大抵记叙宫中行事仪式,文章流丽,为雅典的拟古文。

《宗长日记》柴屋轩宗长所作,因无文学价值,殊少人重视,唯因含有丰富之参考资料,如最古的关于净瑠璃的记录等,故仍不失其特色的存在。

至于纪行文学方面，有下列诸作。

《大神宫参诣记》作者为坂士佛，名慧勇，号健叟，是作系记述康永元年十月参拜伊势大神宫之纪行。

《京都土产》作者为宗允，于观应年间自九州至京，后又赴关东转奥州，是作为其旅行的纪行，以歌为中心，有浓厚的平安朝作品之风味。

《小岛口占》作者为二条良基，内容系记录作者随后光严院行幸美浓国垂井宿小岛之纪行。

《道行式》今川贞世所作，此作述作者于二月二十日夜，离京都至山崎，及至博多，此作与上述二作之平安朝风相反，有浓厚之室町倾向，为研究山阳道地理之好材料。

《藤河记》一条兼良所作，为作者旅行美浓时所作，其中杂有和歌与诗，后者为其特独之新味。

《回国杂记》道兴淮后所作，为此时代掉尾之佳作，内述道兴于文明十八年六月十六日离开京都赴北国又转至关东，游松岛、盐釜，内中除纪行外，尚有各种传说之记载，文体为浑雄之新文体，除和歌外，尚有汉诗俳谐等。

其他较闻名的，还有《平安纪行》、宗长之《东路土产》、飞鸟井雅吉之《富士纪行》、尧孝览之《富士记》、仰川幽斋之《九州道记》等。

（参考书见第二十九章末）

第二十九章 江户时期的散文

概　说

在任何文学史中,近代作品之材料的广泛与众多,当甚于古代与中世,推其原因,当因古代中世诸作,散佚既多,不传者更甚,故影响于研究的范围。江户时代距今极近,文献多存,如果欲细述当时之散文,则能成洋洋数十万字的专集,究非此作所能容纳,故为简便起见,特择其卓越的,加以考察。

江户时代的散文作品,亦计包含随笔、日记、纪行诸作,但此篇为力求理解起见,不依此种形式来分类,而改以雅文、俳文、时文来分述,因此三种文体,实代表了当时散文的特征。

所谓雅文,乃是以平安朝的假名文为主,以上流社会的口语为基调的文体,这种文体一向都用于和歌之词、歌集的词书、日记物语草子里的,自成一脉,称为和文,不过因时代的变迁,有被口语及汉文所影响之处。江户时代因国学发达,当时的作者力排后世之风,以古代歌文为模范,尤以本居宣长以后,古代语之研究,顿然进步,文法与语义,多被阐明攻究,得以匡正过去之误谬与写汉文口语之弊害。于是当时的作品,不仅歌文,连信简、戏文、散文,皆以古代之语汇与平安朝之语法为主,构成雅文文体,简称拟古文。是派作者,为贺茂真渊、本居宣长、惺窝、长啸子、松永贞德、北村季吟,三才女正亲町町子、石塚仓子、武女等。

所谓俳文,为江户时代之特色文体,多成于俳人之手,被意识成为文学之存在的,当在松尾芭蕉,树立特有之俳风以后。

原来所谓俳文,一言以蔽之,即是用散文表现出来的俳谐,换言之,即是它在俳赞中的趣味修辞,以文章的形式表现出来。至于其特色,则颇难说明,因俳谐趣味随时随人而变迁,如果勉强地下定义,那么只能说它包含有可咏为俳句之境地,是持有简洁有余韵的辞句章节的文章。

所谓可咏为俳句的境地之"境地"亦由人而不同,或求闲寂幽玄,或尚洒脱飘逸,或憧憬花鸟风月,或喜欲人间生活中的滑稽味,毫不一致。因此俳文的内容,也非常复杂,同时为使文章简洁有余韵起见,则得引用巧妙之譬喻,适切的内外故事,施用洗练了的语句,含蓄深切的言语。尤因施用着言语的省略,故其思想,有成为飞跃的个状,在这些方面说来,正是俳文的特色。

所谓时文,包括当时一切的杂文,是世上士庶所能理解,且平日目击时阅的文章,如果再具体地说来,则它是以大众为对手而记述的文体,宛如现今之大正昭和期的口语体。是种作品极多,但因篇幅关系,都简述于下。

一、雅文

雅文作家,多为当代的国学者与歌人,专以模拟平安朝文为主旨,现将其中著名的作者,分述如下。

(一)贺茂真渊

真渊为江户时代著名之歌人,其着手于雅文,系在晚年,其作最近于古体,有融和浑成之趣,成为拟古文之先宗,作品有日记、纪行、序、跋、注释、相闻等,现译《隅田川泛船赏月》之一段如下。

  船随潮满,不划而止,川河之两岸由船之前进而变,两岸碧晴。若干高楼多卷帘,清风徐来,吹动万船之帆。或在陆上,或在船中,有高贵之人,有低贱之人,以及舞姬艺妓等人,故其华美的服色,映于波上,绚美之极,其歌唱之声,澄然可闻,如届云霄。

此种文章,非常古色古香,但一译出,皆被破坏,如其中用语"绚美"即为平安朝式的(nihoi)一字,不用江户时代之通常形容词也。

(二)本居宣长

本居宣长为江户时代最著名之国学大家,因推崇国学,故在文章上亦推崇拟古之雅文,一生著作极多,比较地能代表其散文的特色作品是《玉胜间》。此作系宣长之随笔集,不限于特殊的或高邃的研究,但也有广泛的内容,诸如拔萃土俗录、分据、兴味等,计十四卷,各卷皆以植物名名之,如第一卷叫初若菜(七草),第二卷叫樱落叶等。

现在译录其中的《品花》的二段如下。

> 梅以红梅为佳,还未全放之时最为可观。当渐渐盛开则颜色也渐成白色,毫无可观,实觉歉然。直到樱开之日,还不知道凋残,显出无色泽的老态。于是每年春天一见此种残花,心里就起如是感想,觉得世中万事如果长存,都会变成和这难看的梅花一般。

> 桃花当盛开时,自远处观之,颇觉可人,近赏之则成下品,迎春花、燕子花抚子、荻薄、女郎花等,皆极可人,菊花如稍施人工,固极佳,如过于剪裁、整理,就反显下品,不觉可爱了。

以上二段颇有《枕草子》的风韵。

(三)正亲町町子

作者为江户时代散文三才女中之一个,系正亲町大纳言实丰之女,十六岁时为柳泽吉保之侧室著《松荫日记》四卷,记事自贞享二年至宝永六年,细叙吉保之荣达耀华,以妇人一流的观察,细腻地表示了吉保的生涯史。行文流丽雅驯,成为当代之杰构。日记各卷,皆有标题,为模仿《荣华物语》者。

(四)石冢仓子

下野国都贺郡富吉人,号春秋亭。享保年中人,巧于和歌,其集为《室之八岛》。早年剃发为尼。散文作品有《日光纪行》《妙义纪行》等,但大体为歌纪行,其歌风近于堂上风。

(五)武女

据通说,武女为白拍子(歌妓之一种),著有《庚子道记》,记述亨保五年自名古屋返故乡江户的旅程,颇有模仿《十六夜日记》之处,行文急速,极简约之妙,内中充满羞耻之情,尤其娇艳之态,确可赞赏。现引一小段如下。

> 古书上说,女人不远行,但这只是指高贵的人们,像海女(渔妇之一种)等无寄身之处的女人,随流水所诱引,流西漂东,终无定所,实在是可悲而不幸,但有什么法子呢?

这是是书的开首,然后叙其"今年春天,趁关东的樱花尚未开"就离开了七年间相聚一起的人们,旅行到关东去,当她离家之时,曾咏一歌"到明天还能且走且见的月亮,只有今夜催人眼泪",表示其离愁。

此作者,据高野辰之博士声称,是三才女中最杰出者,与明治时代的才女樋口一叶,遥相辉映。

其他的雅文作者尚多,但因此种散文,在文学史意义上看来,殊不重要,不如反映江户时代特色的俳文良多,故只得从简。

二、俳文

正式的俳文之确立,如上所述为芭蕉以后之事,但芭蕉以前,也已有原始俳文的存在。此种俳文,当以松永贞德为总师之贞门俳人所作者为多,如其门下野野口立圃、北村季吟、山冈元邻等皆为能文之士。其中,山冈元邻曾著俳文集《宝藏》,为日本个人俳文集之滥觞。现略述如下。

(一)《宝藏》

此作刊于宽文十一年二月,内容为作者见日常身边之调度器具,而偶有感触时所漫述者,但他并不是单单地对品物之记述,因有巧妙之文与飘逸的观法,故极有深趣。

题名"宝藏",表示世中之物,无论珍宝或琐物,如加细察,准能发现其功用,为日常生活不可缺的宝物,像他描写极便宜的摺钵(小捣臼)道:

> 有一物,非玉,非石,非瓦,其形似景仰富士而向天,其声如车犇雷鸣,因常与厨灶相亲熟,故被人认为毫不珍重;然实际贵为王公,亦非待此而不得摄养,因其能调理精进一大事之味觉也。
>
> 味噌汁呵!是为脾胃的营养
>
> 尤如为花而下的花信雨。[注]
>
> 闲人德峻侍楹笑,孝子爱厚怀墓暗。

臆病风吹索熬豆,侍童中次摺盔音。

[注]味噌汁"为日人早食必须之品。味噌似中国黄酱,做汤时,先在摺钵内研碎,故言摺钵为任何人所必须也"。

他的作品,大抵如此,将卑近的题材加以诗想化,以飘逸谐谑的态度,将无情物看见有情物。全体以平民趣味为基调,引用和汉故事,且能调和雅俗,为其文章的特色。

继贞门之后风靡天下的,是谈林派。谈林派的文章以井原西鹤、西山宗因、上岛鬼贯为佳。西鹤之文简洁、飞跃、多趣、奇惊、轻妙。宗因之《东之纪行》,据云与芭蕉的《奥州羊肠》的影响颇大,至于鬼贯的作品则为谈林与蕉风之过渡俳文,不衔奇,不求巧,在素朴的表现中,有真实感,但无深邃之味,而有醇乎的风貌。

真正树起可观的俳文集的,是许六继蕉翁遗志而撰的《风俗文选》,现将此作之详情,分述于下。

(二)《风俗文选》

此作为辑集诸家俳文的最初文集,刊行于宝永三年,计十卷,内分辞类、赋类、谱类、说类等二十一体,颇见牵强,作者有芭蕉、其角、岚雪、去来、丈草以及蕉门与许六的弟子等二十九人,文章计百十余篇,现将著名作者之俳文略述于下。

1. 芭蕉

收于《风俗文选》内的蕉翁作品,为《幻住庵记》《柴门辞》《闭关说》等,似极适宜。蕉翁之文,以高雅幽邃闲寂清爽称,为俳文中之最佳者。他的文章,尤其因脱掉了和文的古奥,接受汉诗文之特长,故气品极高,不如女性作品之袅然也,现译《闭关说》一段如下。

> 愚者多思,烦恼增长,长于一艺者,亦好是非,以此营生,纵心于贪欲之魔界,溺于沟洫,不能善遂其生,唯南华老仙,破却利害,忘却老幼,但令有闲,可云老乐也。人来访,则多费口舌,出门则妨他人之业务,引以为憾,孙敬闭户,杜五郎锁门,以无友为友,以贫为富,五十顽夫,书此自戒:
> 牵牛花呵! 白昼是下锁的门的围墙。

看上段引文,可知芭蕉能将汉文学与和文极佳地融和起来。同时中国的思想,如老、庄、杜甫(旅与贫穷),对他有深深的作用,并且在文辞方面,还受有杜甫、白乐天、苏东坡的影响,翁的散文极多,最有名的为《奥州羊肠》,拟在后面述之。

2. 许六

此人在俳谐中,最得意者为俳文,其文之特色,为能穿凿人情之机微,精通俗事。表现率直平明,辞藻丰富,富于才气,有抑扬顿挫变化奔逸之妙,收于是集内最著名的作品,为《旅赋》《百花谱》《四季辞》等,现译《百花谱》一小节如下。

> 芍药花如未嫁姑娘,年方二八有余,观时,有舒畅之心

情。婴粟花眉目秀卓,发长,常如西施,爱镜,傍妆台而眠,对后世之事,毫不关念,但因一念之怨,陡然削发为尼,殊堪惊奇而裂胆。

许六之文,至后,常被彦根等俳人所模仿。

3. 支考

此作者之文,颇见沉着,悠扬不迫,词藻亦有古典的韵味,似能理解风雅之精神。但他因喜爱表示其文章有深味起见,故好曲折,有达文家之风貌,最著名作品为《招魂赋》《百花谱》《陈情表》等。

4. 李由

此作者之文,辞藻丰富,虽见沉着,但乏抑扬,流于平板,格调亦不甚高。收于是集内的名文,为《湖水赋》《圣灵祭文》等。

5. 汶村

此人与李由相同,同为近江俳人,受许六影响极多,其文富于才气,流丽舒畅,能调和雅俗,着想亦不平凡,如《南都赋》《闲居赋》《手足辩》等,皆为撰于是集内的,值得朗诵。

6. 去来

去来之文,颇能反映洒脱之境,自然地漂漾着幽默味,笔致平淡轻妙,多以动植物为取笑题材,如收集是作内之《钵叩集》《鼠赋》《落柿舍记》,最为有名,兹译《落柿舍记》一节如下。

今年八月初,至彼处,正恰有商人来自京都,欲购树丛,遂出钱一贯与余(收买吾家之柿树),欣然而归,予犹留此。是夜,房顶轰轰作响,庭中簌簌如碎溃,柿子整宵堕下无已,翌日商人已来,见此状,云自前发(幼时)至白发,专营此业,但未见有如此陡堕之柿树,请求返还昨日的树价,因彼既觉不合适,遂还其价。当彼走后,因与友人书,遂开始称自己为落柿舍去来。

柿子之主啊! 梢枝相近的岚山。

此句中之"岚山",一言双关,一指去来所居嵯峨之岚山,一指暴风雨,"岚"用来形容落柿之频频也。

7. 丈草

丈草之文,有沉静幽寂之趣,流露真情者极多,选于《风俗文选》中之俳文计三篇,外有《随笔集》《寝转记》。

8. 其角

其角长于俳句,但俳文则较逊,除此集收有二篇外,尚著有《芭蕉终焉日记》《类柑子》等,其文豪逸宕丽,素朴力强,为其特色。

其他如岚雪之文,温藉淳厚,但显平板,录于是集者,仅一篇,他有《岚雪文集》等。

总之,统观《风俗文选》,可知俳文有三种:一种是芭蕉式的,以高雅清远之俳境为主;一种为许六式的,以滑稽谐谑讽刺为主;一种以介于二者间的温藉的俳境为主。

(三)《奥州羊肠》

此作为芭蕉纪行文中,文章内容最佳的作品,记述元禄二年三月二十七日偕弟子曾良离江户经奥羽(奥州)北陆向伊势出发的旅行记,但其中以记载奥州的羊肠小径之跋涉为主要。内叙途中之所见所闻,各寺院古迹史迹之探访,计行程六百里,费时七个月,倍尝旅之辛苦与慰藉。文体简洁,能描尽一途的风光与情趣,泌泌地魅惑着读者。

原来芭蕉是个最典型的人生旅人,以旅为其唯一的生命,甚至连死的时候,他的梦,还回驰于枯野与荒路上。他私淑杜甫与西行,因这二个诗人,也是酷爱旅行的缘故。旅,不但与芭蕉以诗意,并且圆熟了他的俳境,尤其此行对其俳谐的影响更大,是产生《猿簑》的花实兼备之基础。此作以记松岛与象泻处为最佳,现译一段如下。

> 坐于此寺(干满珠寺——译者)的方丈中,卷帘眺望,则象泻的风景,尽于一目中,南有鸟海山,支天而峻立,山影映于海水中,西方之道,尽于有耶无耶关,东有筑堤,能见通秋田之道。北方临海,浪花湃腾处为汐越、象泻的岛屿,纵横连贯,约计一里左右,其光景与松岛相似,但也有相异处,即松岛如笑,象泻如怨,加上寂寞与悲哀,故其风致实堪使人悲戚。
>
> 象泻呵! 宛如西施之姿
> 雨中的合欢花。

末后句的俳句,是说象泻的雨景,暗而寂寞,令人想起忧愁的深眠的西施之姿,而且在此雨中有合欢花朦胧地开着。

(四)《本朝文鉴》

享保三年出版,撰者为各务支考,计九卷五册,内容收自上古至今代,但以元禄享保期俳人的作品为多,其中俳人有支考,及其弟子吾仲、巴静、昨囊、童平等人,以支考之作最多,如《将棋赋》《养生主解》等,都极其卓越。

(五)《和汉文操》

享保十二年秋,由支考辑录,门人莲二房所梓行,计百六十篇,分赋、诗、歌等二十一类,亦有俳人以外之作品若干。此集作品在质上与《本朝文鉴》大同小异,但对于诗文之新体,有种种尝试,似乎离了俳文的中心立场。其中著名的作品,为东恕之《杓子颂》、潜柳之《萝卜颂》、三径的《木屐说》等。

(六)《淡淡文集》

此作为享保时代京都俳坛之雄松木淡淡的俳文集,刊行于宽保二年,计三卷七十一章,文之内容有随想随感、消息、纪行、箴言、序跋书赞等,可见其涉猎之广,文章概为低调,笔触涩滞、钝重,为俳文之下乘者。

(七)《风俗文选》

一名《风俗文选拾遗》,为山崎北华的个人文集,共二卷二十五篇,作者自号堕落先生,飘逸不羁,装死辑此稿,伪称遗稿,文章好学许六的谐谑,有似狂文之处,如最后的《吉原赋》:

兴阑入深闺,吴郡之绫,蜀江之锦,堆积如茵,直与妙高山相竞争,有述思于幽静的物语,继则深诉其恨而哀泣的,有不知何故大声喧嚷而打架的。及至浅草的钟报晓,将别之男女互约复见之日,饮别酒,尝烧味噌,被茶肆船宿所诱,各奔前程。不知其乐而甘于其乐时,则疏亲亡家,知其乐而游其乐,则散冈补心。害生与养生之仙境,诚此处也。

这种描写吉原游廓的俳文,似于太入于俗,有近于狂文之处。

(八)《风狂文草》

是作为大阪之田中友水子之俳文集,计五卷四十六篇,分辞、赋、谱、说等十二类,文章概富于谐谑、洒落,与前述之风俗文选颇相似。其中以《逐苍蝇赋》《百虫谱》《馒头解》等最为有趣。

其后自宝历至明和年间,俳文集仍续出无已,如闽桥鹇子之《鲁竹文辑》、田中千梅之《自娱文章》、紫燕菴左舟之《反古文集》等。可谓俳谐中兴时代的初期作品。

自天明以后,俳谐始告中兴,故俳文亦有极佳的作品出现,如横井也有的《鹑衣》,与谢芜村的《芜村翁文集》等。现分述于下。

(九)《鹑衣》

是作为横井也有所作,计十二册,刊行年不明,几乎包含了也有一生的俳文作品。元来也有为一多才多能之人,尤长于俳文,自称"俳谐之文章难",暗示其独长俳文之持矜,他的文章之特色,是能将故事、俗谚、汉籍、和文以及一切种杂多的材料,在自家的药笼中,加以巧妙之剪裁与凑合。因此,作其文章之基调的,是机智与技巧,到处有泼辣的才气之横溢,不过对于自然之情趣、事物之风神,不能淋漓表现,为其缺憾。

他曾言俳文的极致道:"知和汉的故事古语,渗入俗谚,用其影,不现其阳,缩长碎坚,不俗亦不过雅,主意能十分贯正本末,可云整调之文章。"(《六林文集序》)

这些说明,正是道破了他的文章之特色,尤其《鹑衣》站在此种观点上看来,实是最完成的艺术品。

因也有的俳文,多为文字的游戏,且引用和汉古典极多,殊难翻译,现勉强地译其二段如下。

是为松江名产[注1],但我朝所产,亦不见劣,张氏[注2]见秋风起而思此,遂辞仕途,平家[注3]得此而升官,一升一退,宜羨何者耶?

道起鲫鱼,则近江所产,足以媲美洞庭,似于鲤,但位阶则较逊,名以红叶[注4]来形容,但鲙则供赏玩。

蝉声,只有在五月晴天里听见,觉得悦耳,一到炎阳天气,刮然噪鸣,似榨人间之汗(实觉可厌)。从来未闻有初蝶、初蛙,但此物有称初蝉,实在有相当来头。没有将死的气色,实被翁之句[注5]道破。(《百虫谱》)

[注1]松江名产——吴,松江之鲈鱼。

[注2]张氏——晋张翰见秋风起,忆起故乡鲈脍,遂辞官返乡。

[注3]平家——见《平家物语》,当清盛为安艺守,参诣熊野时,有鲈鱼跃入身中,捉而分食之,致平家全族发达,官级累进。

[注4]红叶云云——秋天鲫鱼名为红叶鲫,味最美,然鲫鲙只供赏玩,不能食。

[注5]翁句——芭蕉句"看不见将死之气色,蝉的声音啊!"(载《猿笠》)

(十)《芜村翁文集》

与谢芜村所作,计乾坤二册,刊行于文化十三年春,所收皆为芜村之俳文。其作品之特色为对自然的外形之惊叹,有从古典中得到的浪漫色彩之渲染。

在江户时代,可谓压轴的俳文集,当推小林一茶的《我之春》,此作以后之文,多无价值,实因时代渐衰的关系,现述《我之春》如下。

(十一)《我之春》

此作为小林一茶之代表俳文集,刊于嘉永五年,系将自幼到文政二年间的自己周围的事实及感想,述下来的作品。其中并引有许多与自己记实有关之古今的俳句、连句、和歌,并且还有自作插绘若干幅。

一茶的全生涯,实极悲惨,孤苦仃伶,到了老年才娶妻成家,有了稍稍安定的生涯。《我之春》里亦有若干孤独的感伤作品,现译其中之一段如下。

无亲之子,谁也知道是啃着指爪,立在门口,这样地被其他孩子们所歌的,真是伶仃可怜;大都不和他人交往,独自地蹲于后田圃积着木萱等的阴荫下,渡过悠长的日子,我也如此诚可哀怜。

和我来玩吧!无亲的麻雀呵!六岁弥太郎。

弥太郎是他的名字,此作未必为六岁时作品,乃于老年时回忆过去而写的。他除此作以外,尚有《父之终焉日记》《旅日记》等,皆极有名,而《旅日记》则充满潦倒的气氛。

三、时文

时文作品极多,几乎不遑枚举,如举其中较著的,当推室鸠巢的《骏台杂话》,原来室鸠巢对国文国史,造诣皆极深,为幕府之儒官,参八代将军吉宗之帷幄,其著《骏台杂话》计五卷,系享保二十年刊行,执笔于病床中者,其主旨为明正道,辨邪说,搜集许多足资训诫反省的逸话,因是作为献于将军者,故文中多引和汉之典故,致有晦涩之憾,现引其中的冒头如下。

日月迭逡,速如白驹过隙,衰病日益重,长命延寿之仙术难成,虽未意料,大马之龄,能延至今日,但实老耆,今年已七十有五春矣。

看此一小段,就能知道是书的文脉,是如何地受着汉文的影响,而且连若干成语短句,皆为汉文的袭用。

其他时文的作品,尚有村田春海之《琴后集》,上田秋成的《藤妻册子》《胆大心细录》,风来山人之《狂文集》,皆极可观,尤以风来山人之《狂文集》虽其间有想入非非,近于猥亵,但在滑稽之中宿有满腔的不平,嘲世骂世之笔锋穿人心腑。

参考书(自第二十七章至二十九章)

阿斯吞:《日本文学》

吉泽义吉:《室町时代文学史》

高野辰之:《江户时代文学史》

改造社 版:《日本文学讲座·随笔日记篇》

藤村作:《日本文学史概说》

藤冈作太郎:《江户文学史》

高须芳次郎:《上古中世日本文学十二讲》

藤村作:《日本文学大辞典》

第三十章　散文的兴盛时期

概　说

在一般的日本文学中,普通常把"随笔"包括了一切杂文,其实这是有相当错误的,这种错误,有时在西洋文学中,亦屡见不鲜,其所以致错的原因,是由于对杂文的根本概念之错误的关系。

现在,我们为着把这二种作品的概念,阐明起见,就来简述下何谓随笔、何谓杂文吧。

所谓随笔,正是"整日价,向砚台,随心所至,漫书毫无理由的事情"(《徒然草》首段)的作品,因此在文体上、题材上,都无一定的形式,其中有以考古学的兴味为中心的,有如札记般的抄录傍注经典的,有一切道听途说的记载等。像本居宣长的高足石原正明在《年年随笔》里,曾对随笔下了个极佳的定义。

"随笔乃是将所见所闻之事,所言所思之事,色情轻薄之事,郑重正言之事,随心所至而述下者,故有忘却平常极谙熟之事书成误谬,并杂有浮浅之思想,文章不取艳美细巧,因此无骨格且显稚拙,成为极不堂皇的作品,然因其无修饰之故,能见作者之才与器量,实为极其有兴味之作品也。"

根据上述的说明,我们当能知道随笔的性质了,如已述的诸散文《枕草子》《花月草纸》《徒然草》等,都是随笔的最好代表。

至于杂文,那当然是西洋文学传入后才有的名称,在未传入以前,日本文学史中,是把逸什与随笔相混合的,但现在我们在叙述明治到昭和之间的现代散文时,当然有把它分开的必要。

根据小品文研究专家兼英文学者竹友藻风的说法,杂文乃是脱胎于叙情诗的散文,亦即是叙述叙情诗的观念(idea)的散文。这种说法,或许将引起读者的反问,就是逸什既为述叙叙情诗的观念,为什么不具叙情诗的诗形,反成为散文呢?关于这个问题,我们可以归诸于逸什之另一特质,就是它含有了浓厚的喜剧精神(comic spirit)的缘故,因为喜剧精神是散文的,悲剧精神是韵文的,试看古典的悲剧(Tragedy)多用韵文写,而喜剧多用散文写的事实,就可以明白了。这种喜剧精神,是非常客观的,而且有目的性的,这一点就和随笔相反,因为随笔是主观的无目的性的,真是所谓随心所欲而写的作品。

在日本的古典作品中,比较地可以称为杂文的,即是上述的江户期之俳文,但这是站在现代文艺学的立场,对它所下的见解,在当时,则也看成种近于随笔的戏文。

明治维新以后,日本的散文有了新的展开,不过它的活动的进行,不及小说和新体诗来得具体。因为这种散文,在当时是作为文人批评家、史学家等人的余技而出现的,很少有激烈的提倡和专门以随笔小品等见长的作家的产生。

从明治到最近的散文,其内含的内容,不外可以分作三个范畴,一种是文物,一种是抒情的,一种是写生纪行的美文。在这三种作品中,尤以第一种最可注目,因其所涉及的范围较广,带有斗争的批判的意义,但在艺术的鉴赏上看来,似乎不及后者。

所谓"文物",当然是种暧昧笼统的总称,如果细述起来,则它是包含着政治、历史、社会、经济、文艺、科学等一切属于文化思想的小品。但这些作品,不能规入于堂堂皇皇的论文里,甚至还有若干的作品,都缺少论理性的存在。作为这些作品的特色的,即是它不流于概念的抽象的解说,施用着文艺的情绪作用,譬如科学小品吧,它对某种日常现象,不以定义或公式来证明,而是用显浅的动听的故事来解说它,使读者觉得是在读着文学作品,而不是苦涩的论文。

写这种作品的作家,并不限于一般所称的作家,是尚有各种各样的学者、技术者、新闻记者等的文化人。

第二种的抒情的作品,乃是发泄表现作者的情感的作品,持有浓厚的主观性,不像前者的广泛而复杂,是种单纯的艺术作品,充满抒情诗的成分,有感伤、喜欣、悲哀、痛苦、愉快,等等的情感之流露。

至于第三种的风景纪行的美文,正如其名称所示一般,是种对自然的追怀与魅惑,将大自然的美、伟力、田园的素朴色彩,用一种极标致的文字表现出来,因此,这种作品被日本文坛称为美文的极致。多为游记、旅行散记。

以上，我们已约略地谈过这些作品的内貌了，现在再来通观下这些作品的发达经过吧：

明治、大正、昭和三代的散文，并不能像小说般地把它分成三个时代来考察，因为散文的发展，并不曾正如时代的划分。从明治维新到大正中叶，是散文的崛兴期，从大正中叶到最近之前是散文的旺盛期，最近则是它的泛滥期。这种分法，或许勉强，但实际上是依照着近代日本小说的发达而规定的，因为从明治到现在，散文的发达是与小说的消长成反比例的。这种现象，尤其在大正时代随笔的盛行期里可以看到，例如大正中叶以后理知派与白桦派渐渐不振，而通俗文艺和普罗文学刚刚崛兴，一般文艺作品都陷于不振的时候，但随笔却陡地如雨后春笋一般，实有不可侮的成长力，例如随笔专门杂志《随笔》《文艺春秋》等的刊行，都是明显地表现着这二种势力的消长形态。不过这种分法，也有稍稍的缺憾，像内中的逸什部分，是与文化思潮的兴隆，有密切关系的，却与小说的消长并不成任何的反比例，但我们为顾虑到整个的散文之发达起见，就只得如此的分划。

在散文作家之中，有许多都是横贯三个时代的作家，也有横贯二个时代的作家，因为限于篇幅的关系，我们不能在三个时代里都提起他们，只能将他们在最活跃的一期里，加以申述，并稍稍提起他们的过去和近状而已。

一、崛兴期

在明治的初期，似乎还没有杂文的名称，对于随笔则概称为感想和漫录,是种非常笼统的存在,当时的作者,大都是新闻记者以及与新闻有关的人氏,没有专门的散文作家。这些人里,比较地可数的,是栗本匏菴、福泽谕吉、石井南桥、服部抚松、末广铁肠、福地樱痴、成岛柳北、柳河春三、矢野龙溪、西村天囚等人,其中如栗本匏菴著有《匏菴十种》,服部抚松著有《东京新繁昌记》,成岛柳北著有《柳桥新记》等,都是描写记述新兴东京的风物记。其他如西村天囚的《活髑髅》,为一种从老庄的世界观,讽刺明治的新时代的感怀录,缺少裕余和幽默,显出苦涩之味。

实在,作为较佳的作品,是福泽谕吉的诸逸什,这些逸什大都以启蒙为本意,是一种变质的民众教科书,他的启蒙读本《学问之奖励》,在明治的出版物中,显出破格的卖行,内中含有十七篇论文,说明明治天下为町人之天下,力主学问的自由和独立。这些作品靠其平易的文章,风靡了整个的日本思坛,现译录一段如下。

> 方今之世,洋学者大抵就官途,为私(非指个人私事,乃与官相对力之民众事业——编者)事而奋斗的,则稀若晨星,其所以为官,并非仅仅着眼于图利,而是他们出生以来的教育,让他们只管着眼于政府,以为非政府则万事不可为,就了官,则可达往昔的青云之志。是种倾向,连有名望的大家先生,也数陷不鲜,其行为虽近于贱,但其本意则不得深咎,因为其本意本非不善,乃因醉于世间的气风,不得自知而已。得有名望的士君子,既然如此,则天下之人,当

然都效其风气了。青年书生,仅仅读得数卷书,即志为官,有志的町人,仅有数百资金,即欲假官名而行商卖,学校亦官许,说教亦官许,牧牛亦官许,养蚕亦官许,凡民间的事业,十有八九,无不与官界有关,因此,世人的心,愈更风靡于官瘾了,慕官、赖官、恐官、陷官,毫无有发露独立的丹心之人,其丑态实在不忍看。

这篇杂文虽见简易,但将明治维新后的一般官迷之丑态,彻底地揭了出来,同时福泽氏作为资产者的代言人,努力地宣言着町人势力的扩展和提倡,不但是识事务的论见,而且是新兴的布尔乔亚之代辩。其他如《福翁自传》《福翁百话》都是极可观的随笔。

明治二十年,以德富苏峰为首,创设了民友社,同二十二年,由民友社发刊杂志《国民之友》,鼓吹以大众之幸福与进步为主旨的平民主义,同时在文章方面,亦实行改革,显示出新的样式,无论史论、人物评论、纪行文、随笔、书翰文,都加上了新的气息,形成了独特的"民友调"。当时的同人,除苏峰以外,有山路爱山、德富芦花、竹越三叉、国木田独步、宫崎湖处子等人,但其中以德富苏峰和山路爱山的逸什,德富芦花、国木田独步的随想、叙景、纪行的小品,最为有名。

德富苏峰为一有名的史论家,同时是一著名的散文作家,他的初期作品《日本的青年及教育》以及《将来的日本》在某种见地看来,实是最佳的逸什,泼辣而惊慑,有中国韩退之文章的气魄。例如《将来的日本》的一段:

夫世界之气运，奔涛不止，天下之大势，与光阴之潮流相共转而不止，故二十年前刺冲我邦之天下大势，今日则以更强的势力来冲击，二十年前所不能维持之武备主义与贵族社会，则于今日，更难维持，此种不能驻止于上流的水势，岂能驻止于下流间？二十年前之大势，即今日之大势，二十年前之困难，即今日之困难，昔日之为改革时代，而今日亦为改革时代。

但吾邦人士，近来安于小成，泥于小康，扬扬然颇为自得，言其业已终，如天许残躯，欲自娱晚年，其实彼等脑中的魔鬼，早已跳梁，欲驱彼等施行复古事业。嗟乎，日本人，望勿满足，改革的事业，尚未及半，勿以为旧日本已经逝去，应知支配今日社会之重要部分，皆为旧日本分子，如读者怀疑我说，则请反问诸君脑中之魔鬼。

这种反对复古，努力新日本建设的言论，正表现出明治维新后勃勃的新兴思潮，他的文章，奔放绚烂，真达到了所谓文势直泻的佳境。但到了晚年，氏的文章和思想都有变更，思想方面如其弟芦花所指摘一般，已成为专制的帝国主义，在文章方面，试看他每日发表于《东京日日新闻》上的随笔小品，就知道已是老熟平淡，失去了年轻时奔放的火气。他的著作极多，除大篇的史论史观以外，小品方面的有《人物管见》《天然与人》《静思余录》《文字断片》等。

山路爱山的逸什，专长史论，为民友社中追踪苏峰的第一人，初期作品的文章,多活气,有独断夸张的地方,且笼有浓厚的书生味,但自发表《平政子论》以后,渐趋沉着,有老成之趣。他的论点重人情主义,故兴味奕奕。

德富苏峰的弟弟德富芦花,不但是个卓越的小说家,而且是个著名的小品文家,他长于随笔和纪行的作品,如《蚯蚓的戏言》《青山白云》《自然与人生》,多是种对自然的歌颂和追怀,文章丽洁,而其观察亦极精细。是些作品尤以《自然与人生》为佳,其中除《灰烬》《雨后之月》二篇小说以外,多是素描、速写和画家传。像他描写箱根、早云寺的梅花:

> 寺已旧,梅花三二株,有月时更觉美妙。昔日,我自小田原赴汤本,谒早云寺,时正夕阳落函岭,一鸦渡空,群山苍苍欲暮,寺中无人,只有梅花二三株,白如粉雪。徘徊许久,听到有晚鸦的声音,俯仰天空,见古旧的钟楼上,月色淡于梦。

作者在上述的小文里,将早云寺的暮色和梅花之洁白色,用毫无修饰的文字,充分地表现出来,同时并将苍老的早云寺之寂寞的气氛,使读者起来一种寥穆的情绪。

不过芦花的叙景作品,并不是仅只自然的爱慕与追怀,常有想通过自然,而管窥人间的心情,亦即想把浊混的人世,在自然的雄姿里洗净、涤清,成为明朗的人间世。

国木田独步的散文,和他的诗有着同样的热情,例如他的《不可欺的日记》,为一种内的自叙传,记述自己灵魂的巡礼,是深切的内省的省察文,杂然地包括了日记、感想、书信、读后感、自我剖解。因此也可以说是无伪的人生记录,也同时是最复杂的明治初期散文的代表。

不过在另一方面,独步也长于用淡寂的笔法,记述素朴的自然之小品,例如他的《武藏野日记》,实清淡而简单,有百读不厌的魅力。

九月七日:昨日今日南风激烈,送云拂云,雨亦时降时停,当日光自云间露出时,村影顿呈辉煌。

同二十一日:秋天如拭,澄清透明,木叶如火辉耀。

同二十五日:朝雾深,午后晴,入夜,月从云隙露出。早晨于雾未霁之时,杂家步野访林。

十一月二十六日,夜十时记:屋外,风雨之声烈,点滴声相应,今日终日浓雾,野与森林宛如憩于永久的梦里,午后伴犬散步,入林默坐,犬眠,小流自林中流出,复流入林中,浮落叶而流,时降十月之寒月,轻盈地掠林而过,当横掠过落叶之上时,其声静寂之至。

同二十七日:昨夜风雨,今朝一扫而晴,日色丽洁、高升,立于屋后丘上眺望,见素白的富士山,耸于连山之上,风清气澄,实为初冬之晨,田中溢水,林影倒悬。

这些日记,除了自然的现象和简单的风景以外,并无其他的极致的描写，但却把位于东京郊外的武藏野的景致，素朴地渲染出来，我们不但看到武藏野的景色，并且似嗅到武藏野的田园味，这些地方，都是国木田独步的小品之魅力。

当时与上述的民友社相抗的，有政教社的三宅雪岭、志贺矧川，日本新闻社的陆羯南，他们努力地提倡国粹的保存，反对当时的"西洋迷"，因此他们的逸什或随笔，都雄壮地大声疾呼日本国粹的保存，对苏峰等的民友社论调，激起反对的论争。

在这一派中，以三宅雪岭的作品最佳，例如《我观小景》《真美善日本人》等都是卓越的国粹主义的逸什。

> 请瞑目假想：现有强弱二国，一旦有事，则弱小者难道不受强者的凌辱和损害？其实，这是必然之理，设若二国兵力富力相伯仲，则凌辱之措置，无所设施；理既如此，可知正义之行，必须依于相互权力的平等，绝非偶然的事情。敢问现代日本之势力，果有保持权衡之均平，对海外诸强国，有伸展正义的实力吗？抑或相反呢？

这种作品，大都充满了鼓吹强国之必要，反省现代日本之英、美追踪狂的论调，同时提倡富国强兵的国家主义思想，以期建设实力的日本。他的文章以汉文脉为主，稍嫌冗长、硬骨，但有节操，唯无苏峰般的才华。

陆羯南亦为提倡国粹主义的思想家，著有《羯南文集》，大抵系硬性的作品，其中以《大臣论》和《樱花与国民性》为最佳，尤以后者最能代表是种作品的特征，就是以旁征杂搜，来证明日本固有的精神之浑大，充满爱国的思想。

他的《樱花与国民性》之一节道：

……尚且有对牡丹蔷薇莲花说明的，就是这些花卉，只有供小瓶之观，小丘上之观，小池中之观，喻之文章，则是普通的小品，不是雄壮宏荡的大文字，只一二株时，则美而妍，但不能与湖沼、山岳相衬映而观赏，甚至是种花卉，苟列成一群而观赏时，能使观者起厌恶之情。但樱花则与此相异，一朵虽不足称，但一树之美，甚于一枝之美，十树之美，甚于一树之美，百树千树一目千株，诚多多益善。且观赏樱花，近在咫尺时，未发异彩，离百步观时，则如白云之起空中，离千步而观时，则如红霞之暖霭于峰中，光彩陆离，实磅礴于天地间，所以樱花实是花之至大至壮、至妙至美的东西。

这篇逸什，作者于起首，先叙述各氏族所爱之花和各文士所赏识的名花，然后细谈樱花的历史与咏诵樱花的诗歌，到末后再将樱花与上述的诸名卉相比较而宣扬其国花的特色。内中所集材料的丰富，涉猎的范围的广大，都极可观，不过由于充满了过分的国家主义，致减掉了小品文字的隽永之味。

在他们这一群集国粹主义者里，写纯文艺的逸什和随笔的，是俳人正冈子规,因为他是个正统的俳人,所以他的俳文和随笔都充满了诗意,而且与江户时代的俳文相异,已渐渐地加上了新的时代的色彩,淘汰了浓厚的谐谑精神。

> 京都少子规,都中的歌人都珍贵它的啼声,据闻有些风流人士,为了赏玩它的初啼之声,而相偕入深山的。
> 子规鸟呵!真的这种鸟是珍稀的吧!——牧童之句
> 在江户,子规极多,群鸟栖于树上,整日价鸣啼不休,因此使人听得头痛脑涨,这种事实,曾记载在《傍厢随笔》上。
> 我在故乡的时候,不曾听到过子规的啼声,到东京后,十年间亦不曾听到过类似于子规的啼声,自后移住根岸,或由于缺少想听赏啼声的雅心,所以还不知子规之有无,但自前年起,开始听见似子规非子规的啼声了,因为不能确定其是否为真的子规的啼声,随口诵了句"不管是真否,权把他当作子规吧"的俳句,而觉微笑。今年的情形怎样呢?是从春暮到夏,闻其啼声不已呵!

这是他的随笔《松萝玉液》中《子规》的一节,将京都与江户二地对子规的感想述了出来,虽不见有特殊的情趣,但究有一种沉湎于自然的感怀里之俳人的世界。

其实子规在散文内,真尽了相当的任务,那就是他抛弃了过去俳文的谐谑性,尝试写生文的创作,这种尝试的成功,对于后来的吉村冬彦等,予以相当的影响。

幸田露伴为当时小说作家中之长于随笔的,他的作品,大约可分二种,一种是史传,一种是纪行文,但以纪行文为最佳。纪行文之最著名的,是《枕头山水》《卷笔日记》等,其他如《客舍杂笔》亦极有名,但此部作品并非实际的旅行纪,而是旅的回忆录和表示其多方面兴趣的作品。氏的随笔,自明治三四十年后,涉猎更广,举凡钓鱼、棋棋等的风雅行乐,都有兴味的解说和漫谈,例如杂文集《长语》内所收的作品,都隽永异常。

在当时,与幸田式的趣味性的散文相异,以文章上的美丽为本位的,即是纪行文作家们的美文。这种美文的代表作家,是《怀中日记》的作者川上眉山和《我之袖记》的作者高山樗牛。

《怀中日记》是篇极美丽的纪行文,作者写作的动机,是因作者恼于思想上的怀疑主义,于是为清涤是种苦恼起见,就从镰仓出发,孤行于三浦半岛。这篇作品,就是在这寂寞的旅途上之所见所感的漫录。

> 旅程已暮了,想投宿,但这里并不是可以探寻花香等的雅地,并且也不是时候。向一个堆萝卜于道旁——明天欲运到房州去的——的男子打听,知道此处并无旅舍,不得已,只好投宿到鄙陋的渔家里。
>
> 主人赴三崎求鱼,还未归来,等待炙酒的时候,立在有名无实的庭中。此时暮烟近逼,包蔽了岛根,水色极美,心有所动,于是问家主有船否?说是有的,乃召此家之十阿

某，备酒出游。

　　橹拍子静静地摇动着，不久划到波上，此时的心情，实在不能形容，烟波渺茫，近处黝黑，远处苍白，渔村点着二三灯火，辉耀在松隙间，炊烟吐出，似云彩上升，此时渐渐出现的星光，灿烂之极，舟则摇摇地分开波浪而前进。

以上短短的一节，虽不能窥到本文的全貌，但总能约略地知道了它的取材和企图了，亦即作者在这部作品里，想无垢地歌颂自然，吐泄自己的烦闷，耽溺于史的回顾。全体的文章充满了浓厚的诗的情绪，可以算是与大町桂月等的美文两相辉映。

在这时候，有许多以雅丽的古典文，来从事写作的，那就是美文派。所谓美文，即是施用雅语，模仿平安时代的文章样式，富于修辞，以流利的笔致，叙述诗的现象之文章。文体为技巧华丽体，其中也分二派，一派是以国文学为根底的美文，一派是以西洋文学的诗想为中心的美文。属于前者的作家，有落合直文、大和田建树、盐井雨江、大町桂月等；属于后者的作家，有岛崎藤村、马场孤蝶、户川秋骨、北村透谷、平田秃木诸人。

大町桂月为美文派中的健军，他的文章，衣是国语而骨则为汉文，尤能巧妙地利用汉诗，初期的作品多华丽文饰，久之则渐飘逸洒脱，成为轻快的小品。他的作品，极端地被一般人所爱读，尤受中学生的欢迎，因含有教养修养的因素，且适于朗读的缘故。所有作品，都收录在《桂月全集》里，单行本有《花红叶》《黄菊白菊》《闲日月》等的随笔风作品和关东的山水等纪行文集。

天空愈白,亘展在海涯的云彩渐红,映于海面。以为一轮红暾欲将跃出,谁知钻入上方的赤色之暧云中,暂不可见,心想稍待后。日当出现于云峰之上,乃以背向日,涉山而登,草山登尽后,入木山,木山登尽后,又入草山。山中多桑树,叶摘尽唯有桑葚,据导者说,此实可食,遂率然地爬上桑树,见他摘食甚甘,于是向他索取了一二枚试食,觉得并不入口,吃一枚时尚勉强,但第二枚则不想食了。记起自己的孩子,爱食山果,为归后遗赠彼等起见就贪吝地贮实在双袂里。当又爬尽木山时,已至顶上,约距离芦之汤计程一里。

这一段纪行是《小春的箱根山》之一段,平淡寡然,已脱初期华丽的修饰,但在文章的效果上,却较初期可观,因为初期的文章被丽衣所拘束,不能自如,后期则返为裸体,能够伸缩自如。不过初期美文所提起的辞藻的改进,也是极可注目的事实。其他的美文派作家,如落合直文著有《荻之家遗稿》等,都不出于文藻的华丽、文调的齐整诸倾向。

以西欧诗想为主潮的散文家,当以岛崎藤村为最佳,唯其一生的随笔诸小品,要以发表于大正中叶的为佳,故拟在后章细述之。至于其他的作家,像北村透谷长于逸什,收容在《北村透谷选集》的逸什,都充满热情与爱的交流,有打动读者胸脯的魅力。平田秃木则为专长于散文的作家,亦为与上述诸人同逮于文学界的同人。因此也有文学界同人一致的现象,那就是热情的奔流,如他挽北村透谷逝世的《吊蝉羽子》,读之使人起无限的感动。

> 蝉羽子北村透谷君!君的清言之音,还在我的耳里,君的独苦之姿,还在我的眼里,而你的可悲之死,真是怪讶,我实在不以为君是逝去了,不以为君是亡去了。悲壮若君,何死之静,激越如君,何死之寂,劲精的气色,尚溢在君的眉宇间,何死之令人怪讶,我实不以为君是死亡了。

这种吊文,充满了友爱。一面深疑自己的错觉,一面以为透谷还弈奕欲生,真有悲恸之概,不过陷于重复和单调,是文章的小疵。他除抒情的散文以外,还长于逸什,著有《英文学印象记》等。

在明治中期,除上述诸家以外,作为哲学家思想家而在逸什随笔范围里活跃的,有大西操山、堺利彦、中江兆民等。大西著有全集七卷,其中若干的逸什,不但有深渊的哲理,而且文章是有名的畅达之文。堺利彦的作品则多为宣传社会主义的逸什,间或有个人的心境之漫笔,著有《自传》《卖文集》全集等。至于中江兆民则在明治三十年后,发表了《一年有半》的随笔,惹起全文坛的爱读,将他晚年的心境通盘地表白出来,有浓厚的虚无色彩。

一年又半，诸君都说是短促吧！但我则说是悠久的，如果说是短，则十年亦短，五十年亦短，百年亦短。因生时有限，死后无限，以有限比无限，则非短，而是根本近乎无。如果有所欲为和行乐，则一年半何尝不足利用。呜呼！所谓一年半，实则是无，五十年百年也是无，我们终究是虚无海上的虚舟罢了。

这篇《一年有半》的随笔，是兆民罹了喉头癌，被医生宣告只有一年半左右的生命之后，所续续录下的病中随感。内容直贯到政治、经济、文艺、哲学、人物评，被虚无色彩所笼罩，这个原因并不是仅仅由于生命的绝望，而是他的唯物论的机械化所致。

其他如评论家登张竹风的随笔，亦极可观，多直率不尚虚饰，全盘地流露着作者的心情，因此多真实的韵味。内容大体为作家论与尼采思想之检讨，著有《气焰录》《尼采和二诗人》等。

上面所述，大都是明治三十五六年以前的散文作家，现在再来看一看明治后期到大正初期的散文界吧！

在这个时代里，作为学者而在散文领域里活跃的，是新渡户稻造、纲岛梁川、吉村冬彦等。

新渡户稻造是个法学博士兼农学博士，晚年讲学于美国，是个提倡日本主义的国粹家。他的作品，大都想将透过外人目中的日本，矫正起来盛夸日本的正义。在他的代表作《归雁之芦》中，有描写美国人目光中的日本之一段。

初到美国之时,离了旧金山向东进行的时候,某天走到火车的户外,在另一节的火车站台上,立着个滑稽的人,叫我约翰、约翰(据说美国人称中国人为约翰或 China men 以示轻蔑)。我确信,他准把我看成是个中国人了,向我侮蔑,于是装着听不见,不睬他。

"约翰!约翰!"叫得实在讨厌,于是我问道:"你是和我说话吗?"

"是的。"

"但我不是叫作约翰。"

"是吗?……你的头发怎么啦?"

"什么也没有?"

"你的猪尾巴(辫子)哪里去了?"他说完向我后面看。

"我从生以来,没有拖过猪尾巴。"

"那么你不是中国人吗?"

"我不是中国人。"

"哪国的人呢?"

"日本人。"

"日本在哪里?是中国的一部吗?"

"是独立国,在中国东面的岛国。"

"呵!是距中国极近之国,架桥以联络往来吗?"

从这一小段里看来,我们固然体会到美国人的无知,但最使人难堪的,倒不是美国人对中国人的侮辱,而是作者的高傲的态度,因为前者是愚昧的盲目的,后者则是堂皇的学者,他为着提高自己所谓大和民族的日本,不屑对中国加一种冷眼视和轻蔑之感。全篇的文章,简直使人感到美国的愚昧之言,部分的都是象征着新渡户自心想发泄的辱"华"感。因了这种国粹思想的关系,氏的随笔,曾惹起读者的爱读,而其范围亦并不限于仅仅的文学作品的读者非常广大。

纲岛梁川是个宗教的思想家,他以自己的独自的宗教文学(硬性的,并非宗教小说之类)向文坛与思想界而高呼,在当时热衷于人生问题的高潮里,卷起了极大的反响。他的中心思想,不外是"信神者信人,信人者信自然",像他的著作《回光录》,就显明地表现出这种倾向。其中如《百合》,以白百合象征自然,同时象征对神之最敬虔而纯洁的信者。

> 我是谷间的白百合花,谦逊的谷越深,则没有被虚荣的暴风吹击之虞;节操的香味越高,则无被诱惑的波浪激摇之忧。虽没有人来探幽,但有峰中的松风,掠过每夜的清梦,虽无日影,但岩间的清水,则能调和思索的弦线,无夸为高贵之花,以致戕伐了心的纯真,盛开文明之花,而不失形态的清皓。我虽然没有随阳而转的雄心,并且在一点也不慕世外的镜上,亲于高伟的苍空,显出魅人的袅姿,我也是没有的,但我是素洁的心之真理和皈依信乐的虔诚,亦即我是受满大神之恶的小仆——白百合花。白色不仅是我的外

饰，连我的身子、灵魂，甚至连梦都是白的，据闻白色为一切色的源流，是众德流出的爱之徽章。我虽然不求浮世的名誉，但有醒悟了的真挚之友的感应，故不感寂寞，如此地把不是梦的我之一生，当做梦一般的过去。看！在最后的一天，我穿了辉耀着爱情的白羽衣，景仰着光荣的天门，且慕且望，归返到彼方的故里去了。

这篇小文，我们可以读到许多宗教的节操，并且充满动人的宗教的纯洁。他的其他作品，也不出诗与宗教的调和，受有《圣经》的浓厚之暗示。

吉村冬彦本名寺田寅彦，是个专攻物理学的理学博士，但在文学上是夏目漱石的门人，因此长于俳人派的写生文。大都是对于自然的感兴和人事的感怀。他的作品，形极短小，是近于幽谷的兰花，清高而幽雅，荡漾着忧郁和哀愁，但表面却闪着理性的白金之光。这些作品，大都发表在明治三十八年到[明治]四十一年间的俳句《志子规》上，后则集为《薮柑子集》，以内中的花物语最为隽永。其中的《芭蕉》如下。

天晴了，突然地热起来，从早晨起只写了一封信，就没有做他事的精神，试看坐在机前好几次，但立感苦痛，终于似睡非睡地躺下了。时时有凉风吹来，鸣动檐前的风铃，在地板前的小帐子里，俊乖的脸，血红地伏在枕外而俯睡着。我走到廊下，眺看庭院，见庭院一半已无日光，在这阴荫与日光的交接处,有蚂蚁在爬动。最近从上田家要来的大理花,只露了一点芽,也不长大。在门板框的前面,那伸着大广叶的芭蕉中之一株,今年生了花,开着三四片大而厚的花瓣,终于在未开尽间朽了似的萎谢了。有蚂蚁二三匹聚在那里,俊乖突然地叫了起来,看他坐在帐子里,兀自伸着手足在哭,妻从旁门进来,于是乖乖把牛乳坛放在膝上,紧抱着乳首,连气都透不过来似的饮起来,一面他用濡了眼泪的眼睛,等分地看着双亲的脸,喝完了,又重新地哭起来,好像还未十分醒来。妻子背起俊乖,立在廊下说道:"芭蕉的花乖乖,芭蕉开花了哩,瞧!多末大的花,还结了实哩,那实能吃吗?"乖乖停止了哭,指着芭蕉的花,说是"桃儿桃儿",妻向我说:"据说芭蕉开了花,就得枯掉,爸爸,这是真的吗?""是的,可是人类不开花,就死了。"妻听了这话,"呀"地叫了一声,就耸起背来,乖乖也"呀"地学了一声,我俩就笑了,但乖乖也笑了起来,并且又指着芭蕉花说是"桃儿桃儿"。

像这种小品,用极简单的故事,将家庭中的乐趣、孩子的天真,如实地表现出来,没有夸张,也没有虚饰,只是平平淡淡的写生,可是在内中所说的"人类不开花,就死了"的谶语,正蓄着作者深奥的哀愁感。其他的花物语如《龙胆花》之叙少年的恋与运命,《野蔷薇》之描写砍柴的村女之素朴美,都粒粒如珠玉,极可爱诵。他除这些抒情的小品以外,尚有许多科学随笔。

除上述的学者以外,当时有二个可注目的新闻记者,也是散文作家中可数的人物,那就是杉村楚人冠和涩川玄耳。杉村楚人冠为一卓越的记者,滞外数次,故眼光深刻,涉猎丰富,时有机警的随笔,可视作新闻上的小评、讥语,著作有《七花八裂》《半球回游》《湖畔吟》《续湖畔吟》《续续湖畔吟》等,大都收在近刊的全集里。

以不施脂粉而自夸之女,多为丑妇,作俳句,以"冬间杜门不出""土""露"等来形饰自己的俗身的,多是病人之句。年轻人满口家庭家庭而深觉得意的,多为怯懦虫。

自然薯生深土中,不易露出,其味最甘时,则叶落茎枯,不露其生长处、有自隐于世而晦慝的古圣人风。进步施行于人所不知的地底,一寸一寸而缓延之状,岂不可景乎?

这些随笔都直情直叶,毫无顾忌,有无限痛快的妙味。他的后年作品之《续湖畔吟》《续续湖畔吟》等,都平淡地将平常所感所见的录下,成为一段段相关联的警句,颇有橄榄的韵味。

涩川玄耳是被称为与杉村相并立的存在,他的作品多为纪行和随笔,有《掠十世界游览》《从军三年闲耳目》等。其文章似于《子规》杂志派,共鸣于漱石的幽默味,洒脱轻妙,不陷于单调。

以上所述,多是文艺圈外的作家,现在再来观察下真正的随笔家和长于小说和歌的随笔逸什家吧!但这二种类型,似乎也有相混淆的存在,现在为了明晰起见,就依他们在哪方面的成就较多,使之规入于哪一种的类型中。例如齐藤绿雨、内田鲁菴、吉江乔松、田冈岭云都可以说是本格的散文随笔的作家,而夏目漱石、永井荷风、土岐善麿等,则是余技的散文作家。

齐藤绿雨在随笔方面著有《记忆账》《日用账底本》等,都是讽世的漫笔,对世间各种的生活,加以辛辣的阻击。不过这些作品,过于侧重于江户的风味,且注重于词句的雕琢,施用"枕语""挂语",非深切的味读之后,不能有会心的微笑。

内田鲁菴虽为多方面的作家,但其本格的成就,还是随笔,著有《爆弹》《貘舌》,都充满了磊落不羁的个性。自到大正以后,随笔更见精彩,极平淡的事,到了他的笔上,就描成为魅惑读者的事件,例如他的《回忆中的人们》里之森鸥外博士的《回忆录》,将其访博士的遭遇录了下来,非常精彩而有味。

> 明治二十三年,樱花散时,从谷中经上野,在到了东照宫下之黄昏时分,偶然记起森林太郎住在此处,于是无心地视察花园町的各宅之名牌。立刻发现了他的住所,递呈名刺要求谒见,一会有个类似夫人的人走了出来,问我"有何贵干",在当时,我还是个不懂社交上礼仪的毛头书生,以为任何名士,只要前去访问就可见面,而且觉得出来接见访问者也是应取的态度,绝无谢绝的道理,因此听到她询问有何贵干,就大不高兴。
>
> "什么事情也没有,那么领张名人的绍介状再来吧!"我

无礼地回答了句,就出来了。

那时,我住在神田小川町,真是感到生气,赶快回到家写了篇访鸥外不遇的短文寄给当时服务着的《国民新闻》,为了散步就自己拿去投邮,在近处邮筒里投了以后,又在附近散了三十分钟左右的步,回到家来,看见机上置有"森林太郎"的名刺就突有所感,于是询问女仆,知道他去了不久,并且留言说刚才失了礼,请原谅。

细细一想,我是个无名的青年,不持介绍状而去突然的访问人家,那么对方问我有何贵干,是理之当然,然而我却觉得是种侮辱,生了气。再一想,对方已是文坛的名人,却特意地在深夜(正是十时)来谢罪,实算尽礼万分,使我入地无门、惶恐万分。

这一段回想录,将鲁菴自己的粗莽和森欧外的尽礼,两相衬映地描写出来,有种令人起微笑的感情。

吉江乔松是个有名的法文学者,但他的随笔小品,多为歌颂自然之作,使读者对崇高的山岳、广漠的平野,起一种敬爱之心,亦即他的歌颂自然,不是抒情的,而是论理的、理智的。

无论何人,通过晚秋之原野,遇到了绊脚的蔓草,飞散子实,紧贴于绊缠之人间的足、腰、背时,则没有人不感到恐怖的。这个默默地日夜在地球上蠕蔓,向八方扩展,不得不伸展其生命的蔓草之势,实代表着一种围绕我们人类的自然环境中所出现的暗默的争斗,并且我们也在不知不觉之间,参加着这个暗默的争斗。

这一节显明地表现了吉江乔松之随笔的特色,就是他并不单单地观察自然的外貌,他想在自然的内里,找到自然的生命之力,以之来比衬人类的生命之力,显出有理智的机构,而没有抒情的气氛,著有《绿云》《高原》等。

田冈岭云长于评论和随笔,随笔方面长于山水纪行和随想,像集于《岭云文集》中的《回忆录》即为是种作品,其描写的方法,趋重东洋趣味,故其文章中所述的山水,喻之图画,即是幅素朴的水墨画。

二十年前的中禅寺,还没有旅馆,也没有别墅,唯神社之前有三四轩客栈,更何况十一月中,红叶既散,山上冬早,晨之小径已结冰椎的时候。沿湖畔渐进,景境愈幽,除自己以外,连飞鸟都绝迹。高大之空,枯寂之山,湛然之水。天地寥廓,毫无物的动作,亦无物的声音,停步,伫立在澄潭上,茕然的孤身,融在岚气的透朗上,好像欲消失在无限的幽静里。举目所见,则是湖上山瘦,峰上有枯木二三株,寂然孤立,其萧条枯淡的景色,宛如见于画中的寒山枯木图。

以上是本格的随笔作家之随笔,现在再来看余技的散文作家吧!

在这些作家里,当以夏目漱石和永井荷风最为著名。

夏目漱石的小说长于幽默和俳味,而他的小品随笔,亦不脱是种倾向,不过他的小说是迂回的,而小品则是爽直的。

在他的作品之中,像《草枕》这篇东西,在严格的立场上看来,不是种小说而是小品的联成,亦即是画家的心之素描,将农村渔泉乡等的非人情男女,漫然地记录下来。除此以外,作为本格的小品文的,有《永日小品》,那是他住在修善寺温泉养病时所作的作品,隽永直爽,现译最短的一篇纪元节如下。

是朝南的房间,有三十个左右,背朝亮处的小孩,齐着头眺着黑板,先生从廊下走了进来,先生是个短而眼大的瘦子,从颚到颊都污脏地生满了髯须。因此这些髯须所触到的衣襟,也都沾染得微黑。这件衣裳和这粗乱的须子,并由于从不叱责的缘故,先生是常被学生所欺侮的。

一息后,先生拿起粉笔,在黑板上写了记元节三个大字,于是孩子们好像把头按在桌上一般,做起作文来了,先生伸一伸短身子,向大家看了一下,就沿着廊下走出屋子。于是有一个坐在后面第三排桌子的中间之孩子,离了座位,走到先生的洋桌旁,拿起先生所用的粉笔,在黑板上写着的记元节的记字处,划了条粗杠,在它的旁边,新写了个极粗的纪字,其他的孩子一丝不笑,惊奇地看着。等刚才的孩子回到座席的不久以后,先生回到屋里,注意到了黑板。

"好像谁把记改成纪了,记也是可以写的!"说完了,向大家看了一下，大家都静默着。

把记改成纪的，是自己，到了明治四十二年的今日，一想起这事，不得起下等的心情，但深觉那件事，如果不是污脏的福田先生，而是大家所想的校长，那就好了。

这篇小文，我们除看到了一段小学生的故事以外，最惹起我们兴味的，就是那裕余绰绰的冬烘，因为这种人物常常在夏目的作品里，占着重要的位置，也就是夏目的笔上所时时点缀的人物。从容不迫，淡然自适，是个所谓的"好好先生"(oshitoyoshi)。

夏目漱石尤长于书翰和日记，他的书翰无论是短短的明信片，多变化，不陷于世俗的旧套，使对方起亲热之感。

永井荷风的随笔小品，正如其小说一般，有浓艳的浪漫气氛，并有非常稠密的日本色彩，同时他的逸什，亦侧重于日本艺术的探讨，如《江户艺术论》，实是最好的代表，此篇将颓废期的江户之浮世绘和演剧有着卓越的解说和鉴赏，毫不枯燥，兴味津津。

随笔小品方面著作极火，如初期的《法国故事》《新归朝者日记》等，都用艳致的笔，将国外的浪漫生活和归国后所感到的惊奇浪漫的事情，漫录下来，充满异国情绪和江户的颓废情绪。

他的《小品集》，为一极佳的读物，如内中的《日本之庭院》，描写各种花卉，有其独特的手法和象征法。

1. 牡丹

请你别说花踊，等等珍奇的，在纽育等地小剧场所看到的,那些不值钱的舞踊吧!牡丹配狮子,竹配虎,一切绚烂夺目的艺术,都在江户呵!

2. 百日红

是美丽的谒墓去的城市姑娘,中意了年轻的寺僧之故事的发端。

3. 合欢花

……于是年轻的寺僧读到姑娘所赠的情书,掉下清泪的第二幕之舞台面。

4. 木犀花

想起中国小说中最浓艳的一节。

用以上的事件,来象征诸花的颜色、姿态、艳香,实在有其他作者所不能达成的想象力,另一方面,他亦长于描写京都情绪的作品,与他的江户情绪诸作品相对衬,非常有趣,例如下列的书信。

京都是与自己过去所想象的,毫无相异的地方,街上的景色,非常体贴自心,没有一幅稚拙的广告。总之,在一切不是明治式的意味上看来,京都实是我们永住隐遁之地。昨夜在潇潇的夜雨里,游于岛原(妓廓——编者),女人之事本无可提的,但当最初被引到如入寺院本堂的见面室之心情,正是与伊左卫门的昔日一样(伊左卫门是近松作品中游女夕雾的爱人),无论什么不是古色苍然,而是暗淡,大蜡烛之黝黑,使人不知现为明治之世。女侍之容貌,远处小室的三弦声,一切都使我初次理解到近松作品的主人公之心情,无论研究什么都非深入不可哩!在吉原(东京之大妓廓——编者)所尝到的江户洒落本风(见小说篇解说——编者)的感情,与这里的岛原是有相异之处的,人们都要比吉原来得善良温柔,实足惊奇。

这一段是描写岛原游廓的情景的,同时将明治维新后的平安故都的雍容闲静之貌,正似夜雨的萧洒声一般,油然地奏了出来,而且作者还利用丰富的古典文学知识,使实景与作品相对衬,生了很大的效果。

土岐善磨是个歌人,但他也长于逸什,他的作品都含有十分的真实性,不过是轻轻的淡彩画,而内面则含有幽微的哀愁,作品有《朝之散步》《春归》《柚子之种》等。

其他的作家,尚有专长于海陆军生活描写的樱井忠温、小野广德,长于纪行文的田山花袋,但并无任何特色。

从明治末年到大正八九年左右,可观的散文作家,还络续出现,但文坛上对散文并没有十分的注意。当时的作家属于学者方面的,有阿部次郎、厨川白村、笹川临风、安倍能成、小泉信三;属于研究史学、政治学的,有白柳秀湖和鹤见佑辅等。

阿部次郎为夏目漱石的门人,但长于哲学和评论,其所作的逸什和随笔,都含有极深的哲理,不堕于通俗。常常利用自叙传的形式,写出心之所向,或反省,或自问自答,诱惑读者到他的思维世界里去,他的最有名之散文,是《三太郎日记》,其实质的序文《断片》充分地表现着他的心之变动。

> 我与古代心极美丽的人们之歌声相合——我在从前也有个真正的生活,在幼时,是泌浸于心的恐怖、悲哀、寂寞、欢喜、竞争、亲爱之间渡过的,我作为孩子,又作为人,像无花果的嫩叶延大一般,纯洁无杂地生活着。我的心一方面是节节引长的生命,一方面是静而爽快的镜子,但命伤镜昙,于是有了以动乱为本体的现在。到了明天,生命枯寂或镜子破碎,则是现在的我所不能知晓的,但我只有不满意的现在,现在有不满足的焦躁。

这是作者对于幼年的纯洁之追怀,兼述现在的心之凌乱和不满足的小文,这里坦白地表现出来现代人的苦闷,企求有新的展开和克服,因此阿部次郎是愈更深究哲学,企图获得解脱。他的著作,除哲学的著作以外,散文方面,有名的有《北郊杂记》《地狱的征服》《游欧杂记》等。

笹川临风对于江户文学和中国文学造诣极深,同时对日本美术史方面也极其通晓。所以他的作品,大都不出于以上的学术范围,如代表作《巡游古迹》,都是历访各地名胜,记叙史迹和美术的遗迹的作品,有深睿的知识和见识。

安倍能成为阿部次郎的挚友,亦为夏目漱石的门生,他的散文小品,多立脚于学术问题上,有深奥的学术味,代表作为《山中杂记》《青丘杂记》等。

鹤见佑辅为一涉猎极广的随笔家、逸什家,因其专攻政治,故长于政界人物评论或社会评论,观察锐利,有独到之处,例如他在《观动乱的中国》里,批评三民主义时,说了这样的话。

> 孙文氏的三民主义的思想内容,是没有问题的,三民主义的标语,果能使中国民众的热情涌现到什么地步,这乃是切要之点,关于他国的革命,门外汉往往陷于莫大的错误。法兰西革命的当时,连英国的政治思想家巴克也那样的误算了。我对于三民主义,没有可以下什么判断的确信。思想的势力,正同烟子一般的,无论何人,都不能够明确地数字地去测定它,只是我以深深的兴味去下观察的,是从孙文氏所煽扬于民国间的热情之中,出了什么样的人杰,正如基督之后,有保罗之出现,孙文氏之后,政治的天才出现与否?

三民主义与共产主义相似之点,我不以为是怎样重大的问题。

这段小论,很充分地表现着他的特征,就是"英雄的推崇",亦即鹤见佑辅常常对于政治或历史的看法,是集中于杰出的人才身上,而不太注意于事件的本义的。所以他长于英雄传的著作,像《拿破仑传》《俾斯麦传》,都是以流丽平明的笔法,描绘出生动的大人物之传记的事。至于随笔方面,则著有《思想·山水·人物》《坛上·纸上·在野之人》等。

白柳秀湖是长于史论史传的作者,同时对于历史上的民俗学的问题,也有相当的造诣。其作品非常通俗,没有学院派的气息,因此合于大众的口味,初期的感伤作品,则有《离愁》《秀湖小品》等,关于史的,则有《强者弱者》《师傅徒弟》等,尤以《师傅徒弟》对维新前的下等社会所组织的"帮""党",有有趣的叙述。

其他作者尚有庆应大学学长小泉信三、新闻记者释瓢斋等都颇有名,前者近著有《师·友·书籍》《学窗杂记》,后者著有《毒禅鬼念佛》等。

二、旺盛期

自大正八九年起,尤其到了大正十年,一向不振的散文,突地有了活跃的展开,这个原因可以推在小说的消长上,因为日本的纯艺术,自震灾以来,物质与精神的打击极重,庞大的小说的制作,似乎没有裕余,再加之当时的小说,已走上解体的倾向,渐渐变为通俗小说和变质的新感觉派等,所以散文就乘着这个机会,抬起头来,其中尤以随笔的发展,更为汹涌。推其原因,实由于随笔是最主观的东西,因为在当时的布尔乔亚,已失掉了科学的客观精神,堕入于观念的狭隘的主观里的缘故。

在过去的散文作家里,写作随笔逸什等小品的,多是学者记者,而真正的文艺作家之写随笔小品的,大都限于纪行和述怀。但大正中叶以后的散文领域,就比当时更要丰富,加多了文艺作者所写的文艺随笔和随想。

在当时,作为具体地提倡随笔小品的杂志有新发刊的《随笔》杂志和《文艺春秋》,前者中途夭灭,后者则继续到现在,是志首先几十页的随笔,为唯一的该志之特色,苍老隽永,有吸引极广大的读者之魅力。

在这个时候,散文作家之最有名的,是厨川白村、岛崎藤村、薄田泣堇、芥川龙之介、北原白秋、吉田弦二郎,以及专门以随笔见称的相马御风。

厨川白村在明治末年,已渐渐露出新秀的锋芒,到了大正年间更见成熟,他的作品充满热情的奔放,尤其在大正十一年出版的《近代的恋爱观》里,更充分地表现着这种倾向。这部作品在发表当时,使年青的男女之血,都踊跃起来,陶醉在恋爱的至上主义里。是书内容完全脱离了严肃的旧伦理观,绍介近代文艺中所出现的种种恋爱相以及说无恋爱的结婚之不当。现在译录"love is best"的一段如下。

皇帝奥加斯塔的大业,那是些什么!顶着耸于天空的圆房顶之大理石王宫,现在哪里呢?踏过蔓草荒蓁,旅人只能发现些础石的痕迹而已。

只有对面,还留有一座小塔。让荒荆掩蔽的这个小小的城楼之遗迹,乃是从前的王侯,召集嬖臣宠妃,眺望战车竞争的宏大之演技场的旧址吗?

在这塔里,有个隐匿着的等待今宵与男人幽会的金发白面之少女,男的来迟了,心中怦怦轰动。凝息地张目四望地伫立着。如果恋人来了,就将立刻地走近去,二个人无言地相拥吧!

黄金的战车,百万的大军,现在连影子都没有了,所留的不是仅仅此地的废墟吗?然而男女的恋爱,在这里却有毫无相变永远性、恒久性。隔着千岁还照旧不灭的,是两性的爱,几世纪的骚闹和白费的努力,这些胜利、光荣、黄金,都给葬去!只有恋爱是至上的哟!

作者站在罗马的遗迹上,看到历史的浩劫和人世的短促,不期然地想起恋爱的永生,觉得世上的黄金名誉……都是无用的东西,至高至上的唯有两性间的恋爱,这种大胆的恋爱论,在青年男女间所激起的反响,是在意中事。氏的作品都极有生色,毫无些许的苦燥之味。

岛崎藤村自停止写诗以后,就开始了小说的写作,不过在他还未正式写作小说之先,有个准备的工作,那就是素描的习作,像《千曲川素描》就是成于这个时候的。这篇作品,是专门描写千曲川近乡的农村生活和风景的,洋溢着浓厚的诗味。

大正二年,他步上了赴法的旅途,在这个留学时代,他写了很多的小品文,如《法国信息》以及《寄小读者》等。

大正十年以后,岛崎藤村开始写了许多文艺逸什和随笔,如《饭仓信息》《等待春天》《在市井中》等,这些作品都是老文士的回忆、杂感、读后感等,在淡淡焉之中,静观着一切,漾溢着人生的寂寥的心情。

据说真实的农民,是不随便地弄土的。

在非农民的人想来,好像没有再比农民更弄土拨土的了,可是实际上,乱弄土的则是外行人,真实的农民,是不肯粗笨地来用手触土的,如果这样做,手就粗杂了,到底是难堪于长久的耕作的,外行人看见土就想用手,但农民却把手看得很重,而使用着锹和锄的。

只有真实的农民,知道土的恐怖。

——《饭仓信息》

这段随想的暗示是多么深呵,实是从澄清的心,经舌头千转后,才吐出来的哲人之言语,亦即能把常人常见而不能言其理的话,恬淡地道破它。

他又长于西洋文学论文之抒解以及西洋名人语录的伸义,例如他的《等待春天》里的《秘密》。

> "曾经发现了一次秘密,就能不绝的工作。"
>
> 罗丹这样说,这种秘密并不是存在于创作上的奥义和秘诀里,而是存在于广大的无限的丰富之自然中。

这些语录的解释,多以其自己的经验为基础的,所以绝不是"姑妄言之";他爱好托尔斯泰,对托氏的论文和随笔,有极佳的解说,如《托翁论莫泊桑》等。

芥川龙之介,到了临死的前几年,已经堕入于虚无之中,因此他的随笔《梅马莺》《侏儒的话》《西方之人》等,都是冷酷的机警语,站在虚无观上,抉剔社会和自己的矛盾。冷笑嘲骂,充满了失望的态度。

《男子》(《侏儒的话》中之一节)

> 男子由来看重工作,较之恋爱,如有疑惑这个事实的,试看巴尔扎克的书翰好了,巴尔扎克写给翰司伯爵夫人的信里道:"如将此信换算稿费,则超过若干法郎了。"

我们看上面这一段语录,就能知道芥川和藤村之间,有着显著的相异,藤村是保持静观的态度,充满了"世故味"的,但他是持虚无而冷嘲的态度,充满了焦躁的急火。在《西方之人》和《续西方之人》里,对于基督教义、希腊诸哲人,有机智的短评,充满了虚无的色彩。

象征诗人薄田泣堇用轻妙的笔致,在当时写了二本随笔,一本是

《茶话》,一本是《草木虫鱼》。《茶话》是道地的逸话集,有非常高尚的幽默精神,举凡今昔的故事,日本和西洋的逸话,都丰富地收在这册随笔里,使读者起一种微笑垂颔的感情。

同样的是象征诗人,而且同样能写极好的散文的,那是有颓废精神的北原白秋,不过他的散文和薄田泣堇的不同,薄田侧重于幽默的逸话,而白秋是重于抒情的小品,有浓厚的散文诗之气息的。在他的作品里,正和他的诗相似,有浓厚的异国情绪和象征的绚烂的"颜色",用来象征诗人的心底。

在《植物园小品》中的一节春里,北原白秋这样地写道:

> 走近温室去看。
> 在几何学的圆形花坛中,开着风信子花,有紫和肉色二种。
> 喷水之前,有水仙的黄花。
> 在园内各处走着。
> 黄心树的落花,越过了白色的小径,散在绿的草地和高高的湿土上。
> 红色的山茶花散了。
> 辛夷的花盛开在枯枝上,辛夷花是疯狂了似的,是微青黄色的白花。
> 在这下面有一穿着崭新的洋服的男人走过,那也是半狂人。
> 春是愈更近了。

像这段小文里,我们可以看到许多外国的花卉名和异国情绪的花坛与喷水,并且能看见紫、肉色、黄、白、绿、红、青黄色的白,等等的颜色,这些颜色是多么新鲜,是多么艳致地点缀在春神的锦衣上啊!他的作品,比较地有日本趣味的是《雀的生活》,那篇作品,是被一般所爱读的东西,内中描写八种关于雀的事项,就是:1. 雀与人类之爱;2. 雀与人类的相互关系;3. 雀与人类的诗之关系;4. 雀的形态和本质;5. 雀的神经感觉及性格;6. 雀的团体生活;7. 雀的人类化;8. 雀的灵觉与其神格。观察精细,是一首丽洁的散文诗。他的所有的散文作品,大都收在全集的散文篇里。

正如小说篇内说过一般,吉田志二郎是个感伤的散文诗人,他时在诗与哲学的交响上,悠然地歌着稚爱的人生与陶然的自然。他的眼有过滤的意义,能把平凡的事,滤成有意义的事情,能在素朴平淡的旷野里,找到闪光的白金之光芒,我们试看他的散文之一节吧!

我伸着的脚,所向的树林里,有小鸟鸣啭着,在那里,长住到二三个月的小鸟,是不常见的。

倾耳静听时,则感到小鸟种类的变更,要比对于季节的变移,更能显见。

大概是渡鸟吧,在阴天,大风日,不常能听到鸟的声音,小鸟们也好像不在青空之下,是不惯于唱歌似的。

马虎一看,觉得仍然是冬天的草地,但是拨开枯草看时,就能看见那里有各种的草,萌了新芽,在雪下已有可怜的嫩草抬起头来。

细索静寂的自然生命之虔尊和伟大。

某晨,在迟开的山茶花中,有只深伸进头而冻死的蜜蜂,使我细索静寂的死之寥寂与虔尊。

——《小鸟飞来日》

在这段小小的随感里,我们可以知道吉田弦二郎的人生观,即是有感伤的达观。他一面能看到小蜜蜂的寂寞的死,但一面又能看到嫩草抵抗了寒雪而滋生。在这小小的生死之变貌中,他起来细索宇宙的虔尊和运命的心情,他绝不因此而加强了对于生死的激烈的冲动,同时也没有强力的意志之激发,只是以宗教的情操,淡泊地歌颂起宇宙的法则,使读者罹上衰微的哀愁。

他的散文作品极多,有《杂草中》《草之光明》《静土》《大地之涯》等。

相马御风本为诗人和评论家,但自大正五年,提倡自我之权威和实行生活之艺术化后,旋即归乡为农,专门埋首于随笔与逸什的创作,介绍北越的自然与人间,并且研究心爱的诗人良宽和尚与一茶。他的随笔,大都是表现归农后的心境,从容不迫,有悟道的禅精神。

在这种年末的静寂的夜里,我几次地深感到吾生的孤独,起初还能和自己闲谈的小孩们与妻,由于夜深,都续续地有了瞌睡之气,一会后都续续地爬进被窝,终于开始安眠了。此后,只残我独自未睡,静静地闭躲在自己的心之世界里,然而我的心之所响,不外是无底的孤独感呵!

当然,在这种场合里,无论谁都得被各种过去的追忆所驱使吧,并且不得不被对于将来之各种愿望想象所激动吧!我也同样地对于自己的过去和对于未来的各种想念,续续地描绘在心上。

然而,无论何种颜色,一经长久的凝视,终于一切的颜色都归消失,只归为白的一色,与此一样,我的心之所响,终于不外是堕入于无限的孤独感里。

回顾过去,那回忆的软片无尽地回转着,可是到结果,留在自己心眼之底的自己之姿态,不外是个独自地、无目的地彷徨于空漠的广野中之孤独的旅人之姿态而已。并且当企望未来时,就涌起各种愿望,描出各种想象,但结果从这些深底里,最新鲜地浮起来的自己之姿态,也不外是和过去同样的孤独的永远之旅人。

从生以来的自己之姿态,往死而去的自己之姿态,所谓我的一个存在之真实的姿态,不外是投到这种大自然之前的孤独之姿态。处在一年告终的夜之静寂的深底里,耽溺于各种各样的思索之后,我常见深凝着这种孤独的自己之姿态。

然而我的心,只有浸彻于这种深深的孤独感之时,我才能感到真实的静寂和真实的安适。这绝不是虚无的世界,毋宁说在这种时候,才感到了自己与天地合成为一,在这种孤独感之深底,已无一切的不安和焦躁、悔恨、不满、愿望、期待、欢喜和悲哀,一切都消失了,我的心里只充满了无限的寂寥感。

这是御风的《孤独感》,是除夜的感想,从这小品看来,我们可以推定御风之归农,也许就是为了想透彻这种孤独感而遂行的吧!他在东京的时候,始终现着不安和不适,但自归农以后,不但消失了这种不安,并且安适地冥索人生起来了。他的文章,气韵颇高,著作极多,有《人·世间·自然》《一人独想》以及随笔全集八册。

佐藤春夫的抒情诗式的随笔,有甘淡的哀愁,著有《无聊读本》等,都是用超然逃避的态度所写成,混淆着风雅和近代的悒愁,充分地持有艺术的薰香。

其他的散文作家,尚有虚无颓废的辻润。著有《雨》《幽寂的世界》之野口米次郎;归化日本的小泉八云;实业界出身,著有《鸢鱼随笔》的三田村鸢鱼;语学者冈仓由三郎、田部重治等。

三、泛滥期

散文到了最近,愈显旺盛的姿态,这是由于现在小型杂志的增多和一般提倡的结果,但在这些散文里,以杂文和软性的小品为多。有些杂文,虽具有十足的逸什的资格,但有些只是些时间上的存在,毫无艺术的价值。至于软性的小品,因其迹近于娱乐,所以把它作为大众文学视,而不能当作纯粹的艺术作品。

虽然，散文界里是充满了这种不纯粹的作品，但一方面仍有极多的散文出现，无论什么杂志，简直没有不载逸什和随笔的，甚至各种新闻，都常有逢时逢节的登载感怀的随笔，如新春随笔、消夏随笔，等等。所以我们说现在是散文的泛滥时代，绝不是过言的。

最近的散文作家，除上述的幸田露伴、寒川鼠骨、阿部次郎、永井荷风、岛崎藤村、相马御风等还继续写作外，仍有不少的新人出现，像内田百间，等等。

现在为明晰最近的散文作家起见，特一一地分述于下。

在集纳主义者中，长谷川如是闲是个极有良心的作者，他的逸什和评论，虽然和其他的集纳主义者相同，持有广泛的内容和范围，但他却不易堕入一般的通病——肤浅、流行——而有较深的学理。他本是尊崇国粹的日本主义者，因能客观地观察着社会之变动，终于扬弃了原来的世界观，步上了新的方向。著作极多，大都容纳在《长谷川如是闲全集》里。

木村毅是个极广泛的集纳主义者，他涉猎国史、西洋史、国文学、西洋文学、政治、民俗学以及新闻学等。他的作品之特色，是通俗隽永，能使普通的读者，极易于理解。例如他在《明治文学展望》中述说福泽谕吉的意义时，简单而明了，极其通俗。

> 他高倡"工农之道无贵贱上下之别"，人是靠后天的教养才成了贵贱，先天是没有贵贱之差的，他说"天不造人上之人，亦不造人下之人"，像封建武士们寄生于大名的，才是

耻辱,并且力说使人生能营独立生活的本源是金钱,故非尊重金钱不可,武士说刀是生命,那不外是胡诌。所谓道德并不是不变的东西,在封建时代,切腹、复雠、对长上之奴隶的屈从,是种美德,但现在的世界是变了,今世应该确立今世之道德,这件事是新市民的任务,不应徒然地盲从过去的道德。

这实是的确地代辩了新兴阶级的思想,因此受到非常的欢迎,明治元年二年左右,他的著作能卖掉二三十万部。当时对福泽喝彩的,不仅是町人,连农民木匠一切平民都加以唱和,因为自由独立的主张,是对他们有利益的言语。

福泽所主张的,可称为自由主义,但为着和普罗列塔利亚所要求的自由区别起见,在今日,得称之为布尔乔亚自由主义。

木村毅在这段小文里,以阶级社会的变动,解说福泽谕吉启蒙思想的意义,明了简洁,毫没有苦涩的地方。他尤长于关于外国文学的有兴味之逸什,扎录和逸话有趣非凡,且因材料的丰富,没有空洞狭隘的毛病,如《邓遮南之恋》,等等。他的著作极多,除郑重的论文以外,散文方面有《文艺东南西北》《旅顺攻围军》《西园寺公望传》等。

新居格是个典型的杂文家,他有着非常浓厚的摩登主义和无政府主义,他不满意于现在,专喜爱新颖和崭新,就在这一点上,能够和封建的残余势力作恶斗。

他厌憎日本人的小我,追求一切自由的开展并站在国际主义的立场上,反对一切的锁国思想。像他昭和九年来沪后所写的《中国如是观》,就充满了这种倾向,指摘着日本人的卑狭性。

邦人住得最多的北四川路方面,于我,总觉得非常寂寞,尤其由于北边,还残留着事变的残痕。虽然如此,但邦人的数目,却比事变前要增加而没有减少。

时过境迁,事变已过二年了,过去应该作为过去而忘掉,可是在任何邦人的心之一隅里,不是还像留有什么影响似的,那就是想得一好机会赶快回国,并不想在这土地——上海——愉快地永住下去。这种心情,尤其在一般背负将来的年轻人间滋生着,据一般长住的先辈们看来,颇觉可忧。住在距长崎只费一昼夜就可到的上海,以为是置身于非常辽远的异邦,那是第一错误。这有过于无广大的国际性之弊,如果住在国际都市上海,稍稍持有国际的生活感情,因其生活环境之复杂多歧,不是更能感到有味的生活吗?

是我在途上所见的,能够看见日本妇人的,只有北四川路方面,南京路极少,法租界更少,这是相当寂寞的,在比较清丽而明朗的法租界散步,不是要比寂寞的北四川路方面,更要显得好多吗? 由来在邦人中,连男性在国际性上,也有粗刚之处,故像上海的邦人记者,都有几种这种倾向;广泛地持有国际的友人,欢笑娱谈着,像合乎国际都市生活而享受着过生活人，不是意外的少吗？更何况邦人，尤其女性，在国际生活的训练上，不十分的完全，是更当然的了。但我们并不因此而不求改进。

这篇文章很明显地指摘着日本人的卑狭，教训着他们应该胸襟广大，有国际的社交的本领。文章奔放自由，直思直述，毫不遮掩。

他的作品，除上述的社会时评式的逸什以外，尚有许多关于电影文学及妇女问题的作品，但大体上不及长谷川如是闲的深渊。著有《近代心的解剖》《季节的登场者》《月夜之吃烟》等。

其他尚有法文学家辰野隆，亦长于随笔，有淡淡的教训意味，尤长关于法文学的随笔，如《萨·埃·拉》《里羊》《埃宾》等。

他如画家桥本关雪，侦探小说家正木不如丘、高田义一郎，也都长于门外人的随笔，就是站在各自专门的立场上，漫记一切，如前者大抵关于绘画，后二者大抵关于法医学犯罪等。现在为明了这种门外人的作品起见，特译雕刻家朝仓文夫的《乳房》于下。

在叙说人体美时，必为乳房之美而屈指。

乳房最美之时，是女性与处女生活告诀别的时候，元来幽闲的日本姑娘，在幅门广阔的带下，过于紧压着乳房，所以我得劝她们知道有丰富的乳房，是可以夸示别人的事情。

从形式上说来，像伏碗似的形态是最佳，垂下的或如贫弱的西洋梨的，则不能说是美好。

乳房与乳房相离的,则这人的胸围很大,只有在健康的人身上,才能看到,而且这种乳房的形态,也非常丰美。

人体美丰美的人之乳房,一般是美好的,瘠瘦的人之乳房,则贫弱。

看其脸也大体可以体会到其乳房,脸圆而有二重颚的人之乳房,一定是如伏碗一样。

瘦而突出颚骨的人之乳房,是小的。

从皮肤的彩色上说来,色黑的小,红色的人、白色的人,则美而丰满。

作为母性的乳房与处女的乳房,是非从相异的立场上来观察不可。

这些都是从事文笔以外的人,所作的作品,颇盛行于目前。在其基本的意义上看来,这种作品视野极广,扩大了趣味的天地和知识的世界,因为一般的文人之随笔,在文章上固佳,在内容上缺乏各般的经验,终是有单调和平板之虞。然而文笔专门以外的人之作品,因经验的特异,立脚于科学经济等的专门知识,毫无虚饰地将其所感所见,述了出来,故一读以后,能得不少新的刺激和新的兴味,例如最近科学者们所组成的科学笔会,发刊《科学笔志》,就在这种意义上,占有重要的位置。但他们在表现上缺少达练,那是无可奈何的事情。

但反过来说,因为有浓厚的门外汉气味,反增稚拙的魅力,尤其在扩大随笔文学的内容和色彩上,是极可注目的事情。

在这种随笔的作者里,最可注目的,即是医学博士兼大众作家的林髞(木木高太郎),他常试写从心理学与医学出发的科学随笔,或站在生物学等的科学立场上,来分析文艺,所见极见新颖,著有《条件》等随笔小品集。

在进步文学的作家中,长于随笔逸什等小品的作家,似乎不多,这是由于文艺的性质之不同,为什么呢?因为在没落期的纯文艺,是非常个人主义的,所以能产生出极多的随笔等来,但进步文学是群众的,是集团主义的,所以以主观为中心的随笔等,不能在进步文学里,占相当的地位。比较上可数的作家,在批评家方面,有山川均、山川菊荣、河山肇、大山郁夫、大森义太郎、大宅壮一、青野季吉等的逸什,小说家方面,有江口渔、林房雄等的随笔。

不过这些人的逸什,大都坚硬生涩,没有小品的韵味,稍稍通俗而有味的,是大宅壮一的作品,因为他的作品多含有讽刺或嘲喻的成分,他方面又能用集纳的方法,显着慓轻的速率,故有相当的魅力,但一经过相当的时间,就失了时效,毫无重读的必要了,著有《摩登相与摩登层》等。

江口渔因曾受过布尔乔亚文学的洗礼,故能写作若干有味的随笔小品,内容方面除杂感以外,还有许多有趣的考证与调查,如反映日俄战争的作品之调查、中译日本小说之调查,等等,包罗万象,颇见老练,代表作为《向日葵之书》。

其他如林房雄的若干逸什、秋田雨雀的《滞露日记》、中条百合子的《越过冬天的蓓蕾》,都是进步文学中难得的散文。此外又有二三册较佳的日记和书信集,如小林多喜二的日记集与书信集,藏原唯人的书信集,都赤裸裸地暴露着多难的个人生活,像小林多喜二的书信集里,还搜集着他的初期之情书,溢盈着年轻人的热情。至于藏原的书信集,以狱中通信为佳,现译录一段如下。

在外面的时候,因为太忙,没有看花的机会。此地的 canna 花已经开尽散掉了。

这里也有菊花和 cosmos 但还没有开花,其他在墙上也有很大的丝瓜蔓垂着。

我想摘二根丝瓜握在手里当哑铃似的转摇起来,准是很好的体操吧！在这细长的院中运动,但这是一日之中,处于青空下——不一定老是青空——之唯一的时间,所以非多受日光不可。

到这里来后,才真真地知道日光的美好(得预先声明,就是我还没有看见过东照宫,因此也许不配如此说)[注1]据说东京的市外要较市内多受约〇点一的 shigaisen。[注2]

是紫外线啊:望不要吃惊,我是努力地来接受它。

[注1]日光为日本一大名胜地,其中以东照宫最为美丽,藏原此处所指的日光是太阳光,但为幽默起见,联想到名胜地日光,遂致提起了东照宫。

[注2]shigaisen 可读作市街战或紫外线,藏原为使对方不要以为是市街战起见,故云:是紫外线啊,不要吃惊！无非是幽默的写法而已。

这一段,是在他叙说一日中生活里,最有趣的一段里摘下的,表示着他的从容就刑,毫不烦闷,甚至还有裕余,说些幽默的话来。

在纯艺术的作家中,近来最可观的散文作者是谷崎润一郎、室生犀星和专门以随笔见长的内田百间。

谷崎润一郎的散文作品,多为随笔,大约可分二种,一种是关于日本文化之各色杂录和漫谈,一种是个人的怀旧谈,在这二种的随笔之中以前者为佳,因为这里充满了谷崎氏自我流的隽永之解说。他常把现日本所残留的过去之特色,或日本现代的日常现象,以若干典籍作品作根据,予以新的重估。他尤长于男女性关系、恋爱等的漫录,正如他的小说侧重于男女关系一样,例如收录在《鹑鹧陇杂纂》里的《恋爱与色情》,就是漫谈古今,国内外的色情、恋爱、肉欲等的作品,非常渊博有味。

> 总而言之,从男人方面说来,西洋妇人是适于观赏,甚于拥抱的,但东洋妇人则相反。据我所知,皮肤之滑,肌理之细,以中国妇人为第一,日本人的肌肤要比西洋人精细得多,色彩虽不白皙,但在某种场合上,带有种浅黄色,却能更增深味,添加含蓄。这毕竟是作为从《源氏物语》的古代到德川时代之习惯:日本男子没有在明亮下眺窥妇人全身姿态的机会,老是在兰灯微黝的闺房中,仅只用手爱抚其仅然的一小部,乃是自然发达的结果。

他除了这种随笔以外,还有充满上方情绪的《我所见的大阪与大阪人》《大阪艺人》,对日本的日常生活现象之阐明的《阴翳礼赞》《各种厕所》,以及个人之追怀的《青春故事》《贫穷故事》等。

室生犀星的随笔日记,都非常简洁,不像他的小说之繁冗,轻描淡写,含有脉脉的诗意。例如他的《浅春日记》。

> 二十六日,土曜日。晴
> 在里院的竹籔中,发出簌簌的声音,出去一看,有个穿半斗篷、戴便帽的捕鸟者,蹲在那里,颤吹着丝丝的笛声,不知道小鸟在那里,充溢着早春的心情。
> 庭中白梅,已开四分,红梅含着深赧色,终日工作,写了八张稿纸,觉得日子长了似的。

室生犀星是常常能用极轻淡的笔法,渲染出景色或事物的展开的,没有夸张,没有华丽的词藻,但有素朴的洁美。随笔集有《慈眼山随笔》等。

内田百间为现在最风行的随笔作者。他的作品不是抒情和纪行,而是充满了丰盈的人世味之作品。所谓人世味,即是人生世俗的整貌,亦即是他个人的日常所感,或环绕于作家的日常生活及现世人的心貌。内田百间冷静地世故地来体验这些,但他并不如岛崎藤村般的对此加以哲理的阐明,而是以谐谑的习性,而发挥它,使我们管窥到"人世间的波动""人世间的百面相"幽致细彻,不是刻薄,而是磊落、幽默、宽容、达观。他的最著名的随笔是《百鬼园随笔》和《续百鬼园随笔》,现在引一段最短的《手套》如下。

某月某日,我所乘的电车,经过水道桥时,我想在皮包里,拿出车票簿来,因为穿着手套,所以手指并不灵活,终于连带地带出了一只角子,落在地板上了。我是知道它掉下来的,并且知道它落在什么地方,所以预定先撕下票,然后预备拿出一角五分钱来买纸烟,因为把刚在落下的一角钱算在里面,所以从皮包里只拿出五分来,放进一袋,再去捡拾那落在地板上的一角钱。但正当我撕下票子的时候,有一个坐在我对面的学生,特意地离开座位,捡起了落在我足旁的角子,以为我没有觉得角子落下,所以和我打了声叫呼,把角子递给我。我觉得怪对不住的,道谢一声,就把它接受过来,因为我是明白角子落下的,所以我却没有露出开始明白角子的落下,显出吃惊的样子,而且也不想如斯作,并且也认为不必要。于是这个学生就在我的沉着与冷淡的态度里,知道了我是明白角子落在地上,并且打算一息后把它捡起来的事情,就显出有点难为情,走到车门旁去了。因此我感到自己做了太抱歉的事情,觉得太对不住这个亲切的学生。然而为了报答对方的亲切起见,却应该显出吃惊的样子之事,我是不曾作如斯想过的,同时,那个学生,也不会想到为了尽了亲切,应该负到如斯的难为情。

像这一段在车内所起的平凡小事,经过内田百间的眼睛,就把人情的极致与波动,条理地分析出来了,落下钱的只觉得有点歉疚,捡钱的觉得冒失,并因没有得到对方的当然的表情——发现钱之落下,感到是自己过分的亲切。

的确,内田百间随笔的特长,即是在日常生活现象里,发现激动着的各种心貌,同时在作品的行与行之间,表面看来似乎是俗说的泛记,实际却有浑雄的真理之变貌。所以他的作品,可以说是"世俗的童蒙书"或"世俗人心读本"。

他的文章系普通的口语,所以非常明了洁简,或有类似于俳文的作品。

在女性作家中,长于散文的作家是九条武子、今井邦子和林芙美子,但这三个女作家,前二个是培植于国学领域里的女作家,都是有名的歌人。像九条武子是个生于宗教氛围里(西本愿寺)的贵族,为美貌多才的闺秀,当她死后,曾由师匠佐佐木信纲编辑,刊行了《九条武子夫人书简集》,获得有教养的读者之爱诵。是些书简,秀逸高雅,含有宗教的古典韵味。

> 无论谁都得越过一次的生死之事——在这严肃的摄理之前,明知道自己是无法可施,但我们都不能在这道理前深悟。想泣而没有泣尽之时,心是难以宽容的,在力尽之时,就起来种想追求什么的心情。在冷酷的制裁之前,明知道这是毫无效念的,但我们究竟还是个非如此不可的爱欲者,

甚之连亲鸾上人,也忠直地告白着难以舍弃烦恼之旧里,则我们怎能得到卓越的深悟呢?秀子姊呵,我常深深地想,随喜随欲地,将乱动的心毫无罪孽地宽大地抱养起来——这不是佛的悲愿,是什么呢?所谓不祈祷,则佛不垂悯,不执信则不得拯救的那种小宗教,不是过于寂寞吗?现在的您,是种怎样的心情呢?我相信,我所说的,谁能打动您的心灵。

爱欲——这事情,虽是迷惑,虽是烦恼,但是在非续迷不可的我们看来,则这爱欲也能成为可怀恋的东西,没有爱欲是寂寞得到底不可久生的,像这样坚强的缠绊,同时是展开着的一条恩赐的道理呵!

这是武子写给丧了丈夫的藤漱秀子的安慰信之一段,在那信里,她述到了佛陀的慈悲,谆谆地说着她所体得的佛心。由于真情的流露,不但没有婆心苦口的俗调,反倒使人对宗教起来无上的虔敬。同时她不否认人性的浅薄——对于生死之不悟,高唱爱欲的可贵,都是难得的敏眼。

今井邦子因为是个闺秀的歌人,所以她的随笔,充满了古典的薰香,内中除关于古典艺术作品的随笔杂录以外,还有若干个人的抒情作品,代表作为《茜草》。

林芙美子在现代女流作家中,是个最多能的作家,她长于散文,无论纪行、素描、逸什、随笔、书简,简直没有不涉猎的。但其中以纪行文最佳。这种纪行文,都是她放浪的记录,不侧重于史迹的考古和研究,注目于活的地方生活之素描,文笔灵活而秀丽。

  夜,在小雨里,与数个友人相伴,被领到丰原街上的咖啡馆,是叫作普铃丝的酒排间,大概由于还未筑成,所以非常污脏,在这里,简直没有称得上叫作建筑的房子,为什么这里有这样多无味无色泽的房子呢?
  女侍们中,有相当意气扬扬的。

  在金网前的养狐场管理人的屋里,把刚离乳的小狐养在茶柜一般大的木裹箱,各只都像猫,鸣声似猿,大狐狸的鸣声,非常寂寞,但小狐狸的鸣声却无个声,这些小狐是喂牛肉鸡蛋和牛乳的,看他们的吃食,实在够奢侈哩!

这二节是她的《桦太之旅》里译下来的,从这短文,我们可以如实地窥到她的个性:第一,她不拘自己是女性,她能放胆地混迹在男人享乐的酒排间,显出她的放浪的精神;第二,她不缺女性的纤细的感受性,她能辨别大狐和小狐的鸣声,她能注意到狐的饮食。这二种相反的精神,混淆在她的作品里,使人感到一种泼辣的感觉。
她的散文作品极多,如《旅之信息》《三等车之旅》等均有名。

参考书

  藤村作　编:《日本文学大辞典》

芳贺须次郎　编:《日本名文鉴赏》

篠田大郎:《唯物近代日本文学》《史观近代日本文学》《小品与随笔》

竹友藻风:《境涯的文学》

相马御风:《现代随笔家的文章》

厚生阁:《日本现代文章讲座》八卷

金星堂:《日本随笔全集》十二卷

人名索引

阿部次郎 187、188、199

阿刀忠行 44

阿佛尼 126、131；平四条 126；平右门卫佐 126/阿佛尼

阿斯吞 38、157/阿斯顿

安倍能成 187、188

安麻吕 81、82、87

安特列夫 26/安德列耶夫

岸田国士 37

奥加斯塔 191/奥古斯都

奥尼尔 35/尤金·奥尼尔

巴尔扎克 193

巴静 152

巴克(Barker) 188

白乐天 148

白柳秀湖 187、189

稗田阿礼 57、58、81；阿礼 57、81/稗田阿礼

阪田藤十郎 20

坂土佛 140；慧勇 140；健叟 140/坂土佛

伴久永 44

伴信友 93、94、96

北村季吟 142、146

北村透谷 171、172、173；透谷 173/北村透谷

北原白秋 28、190、194

本居宣长 42、96、97、142、143、158

并木五瓶 17

并木正三 17

薄田泣堇 190、193、194

卜部怀贤 96

卜部兼方 90

仓田百之 31

藏原唯人 205

柴霍甫 26/契诃夫

柴屋轩宗长 139

长谷川如是闲 199、202

长髓彦 76、77

长田秀雄 26、27、28、30、33

长啸子 142

长与善郎 31

朝仓文夫 202

辰野隆 202

成岛柳北 162

成务天皇 92

成修理亮则光 106

池边真棒 97

持统天皇 84、87

赤染卫门 109

厨川白村 187、190

次郎兵卫 11

次田润 96

村山知义 35、36

村田春海 157

村尾之融 97

大长谷皇子 80

大和田建树 171

大江雅致 110

大森义太郎 204

大山郁夫 204

大町桂月 171

大西操山 173

大宅壮一 204

大中臣安则 44

丹波太夫 11

弹正宫 111

岛村抱月 26、29

岛崎藤村 171、172、190、191、192、199、207；藤村 193/岛崎藤村

道纲 103、104

道兴淮后 140

德川家康 37

德富芦花 163、165；芦花 164、165/德富芦花

德富苏峰 163、165；苏峰 163、164、167/德富苏峰

登张竹风 174

定子 106/藤原定子

东三条院 130

杜甫 148、151

杜列却耶可夫 35/谢尔盖·米哈伊洛维奇·特列季亚科夫

度会延佳 96

顿阿 132

二条良基 140

法然上人 132

番匠谷英一 37

饭田武乡 55

芳贺须次郎 212

飞鸟井雅吉 140

飞鸟井雅有 131

丰臣秀吉 37

风来山人 157

服部抚松 162

福地樱痴 162

福泽谕吉 162、199、200；福泽 200/福泽谕吉

冈本保孝 96

冈本绮堂 25

冈仓由三郎 198

纲岛梁川 174、176

高尔基 26、35

高木兼宽 23

高山樗牛 170

高田义一郎 202

高须芳次郎 38、157

高野辰之 38、145、157

宫崎湖处子 163

谷川士清 96

谷崎润一郎 28、29、31、206

观阿弥 5

管原孝标 113/菅原孝标

光仁天皇 51、53

贵司山治 35、36

国木田独步 163、165、167

哈普特曼 26/霍普特曼

寒川鼠骨 199

韩退之 163/韩愈

和泉式部 109、110、111；御许氏 110/和泉式部

河山肇 204

河竹新七 18；默阿弥 18、20、22、25；河竹默阿弥 21/河竹默阿弥

贺茂真渊 41、96、142、143

鹤见佑辅 187、188、189

鹤屋南北 18

横井也有 153

后光严院 140

后宇多天皇 132

户川秋骨 171

花山院 111

基督教保罗 188/圣保禄

吉村冬彦 169、170、174、177；寺田寅彦 177/吉村冬彦

吉江乔松 180、181、182

吉井勇 26、28、29、30

吉田兼好 132；兼好法师 133/吉田兼好

吉田令世 93

吉田弦二郎 190、196；吉田志二郎 195/吉田弦二郎

吉泽义则 3、132；吉泽义吉 38、157/吉泽义则

纪贯之 100、101；贯之 101、103/纪贯之

纪海音 13

纪清人 82、83

嘉门院 126

假名垣鲁文 21

江口渔 204

蕉门 151

芥川龙之介 190、193；芥川 193/芥川龙之介

堺利彦 173

今川贞世 140

今井邦子 209、210

今井似闲 93

金春禅竹 5

金春四郎次郎 6

金井三笑 18

金子洋文 35、37

津田左右告 96/津田左右吉

近松门左卫门 12、17；近松 12、13、24、186；杉森信圣 12；巢林子 12/近松门左卫门

近松平二 13；

井播磨掾 12

井上赖国 96

井上馨 23

井原西鹤 147；西鹤 13、147/井原西鹤

景行天皇 78、92、94

净辨 132

九条武子 209

久保田万太郎 30

久米正雄 31

久松潜一 96

菊池宽 31、32

橘俊通 114

崛河天皇 116、117、118

俊成女京极局 130

卡尔狄龙(Calderon) 23/卡尔德隆

开化天皇 87

岚雪 147、150

勒辛(Lessing) 23/莱辛

雷马克 35

冷泉院 111

李由 149

栗本匏菴 162

栗田宽 93

莲二房 152

良宽和尚 196

林房雄 204

林芙美子 209、210

铃木泉三郎 33

柳河春三 162

柳泽吉保 144

六人部是香 41

鲁菴 180、181/内田鲁菴

陆羯南 167

履中天皇 54、89

罗丹 193/奥古斯特·罗丹

罗曼诺夫 35/罗马肖夫

落合直文 171、172

马场孤蝶 171

马芝斯 38

梅特林先 26/里斯·梅特林克

闽桥鹬子 153

命松丸 132

末广铁肠 162

牡丹花肖栢 139

木村毅 199、200

木村正辞 93

木木高太郎 204;林髞 204/木木高太郎

木下杢太郎 28、30

内田百闲 199、206、207、209

尼采 29、174

鸟羽天皇 117

欧外 26

磐鹿六雁命 94

皮蓝德娄 35/皮兰德娄

平城天皇 95

平四条 126

平田秃木 171、173

平右门卫佐 126

平祖衡 96

坪内逍遥 20、24、25、27

齐藤绿雨 180/斋藤绿雨

其角 147、150

前田河广一郎 35、37

桥本关雪 202

亲行 129/源亲行

青果 27/真山青果

青野季吉 204

清少纳言 100、105、106、107、109、133

清原元辅 106

庆连 132

庆运 138

庆滋保胤 122

秋田雨雀 26、28、29、30、204

去来 147、149、150

人长 82

仁德天皇 85、87

日野资名 139

日子八井命 77

萨摩净云 11

三好十郎 35、36

三木竹二 23

三田村鸢鱼 198

三条院 111

三宅藤麻吕 82、83

三宅雪岭 167

涩川玄耳 179

涩泽荣一 23

森鸥外 23、24、26、29、180

森有礼 23

莎士比亚 26

山本有三 31、32

山川菊荣 204

山川均 204

山冈元邻 146

山路爱山 163、164

山崎北华 152;堕落先生 152/山崎北华

杉村楚人冠 179

上岛鬼贯 147

上田秋成 157

舍人亲王 81、82

神八井耳命 77

神沼河耳命 77

圣德太子 55、56、85

石井南桥 162

石原正明 158

石冢仓子 145

矢野龙溪 162

世阿弥 5

市川团十郎 20

市川小团次 20

市川左团次 25

室鸠巢 156

室生犀星 206、207

笹川临风 187、188

狩谷掖斋 93、97

舒明天皇 42

帅宫 111、112、113

顺德天皇 126

寺田寅彦 177

松井须磨子 26

松木淡淡 152

松尾芭蕉 142；芭蕉 146、147、148、150、151/松尾芭蕉

松下禅尼 134

松永贞德 142、146

绥靖天皇 77、87

孙文 188/孙中山

他阿上人 132

太安麻吕 57、58、81、82

太藏弥太郎虎纯 6

藤村作 38、157、211

藤冈作太郎 121、157

藤森成吉 35、36

藤漱秀子 210

藤原保昌 111

藤原赖长 45

藤原清贯 44

藤原为家 126

藤原显纲 116

藤原信实 131

藤原永经 131

藤原永手 53

藤原忠平 44

天武天皇 56、58、81、87

天智天皇 56、130

田部重治 198

田冈岭云 180、182

田山花袋 186

田中千梅 153

田中友水子 153

童平 152

头辨行 106

头中将齐信 106

土方与志 34

土岐善麿 180、186/土岐善麿

推古天皇 55、57、87

托尔斯泰 26、193

维德金特 26

文武天皇 51

问阿上人 132

汶村 149

吾仲 152

五漱命 76/五濑命

武女 142、145

武田祐吉 96

武者小路实笃 30、31；实笃 31/武者小路实笃

西村天囚 162

西山宗因 147

西园寺公宗 139

下山龙之辅 96

夏目漱石 177、180、183、184、187、188

仙觉 90

相马御风 190、196、199、212；御风 198/相马御风

小林多喜二 205

小林一茶 155；一茶 155、196；弥太郎 156/小林一茶

小泉八云 198

小泉信三 187、189

小山内薰 25、26、29、33、34、35

小野广德 186

篠田太郎 38、212

新渡户稻 174

新居格 200

信生法师 131

惺窝 142

幸田露伴 170、199

幸田氏 170

熊曾建 78

许六 147、148、149、150、152

许由 137

萱野二十一 26

穴穗天皇 79

鸭长明 121、122、128、129、131

盐井雨江 171

仰川幽斋 140

尧孝览 140

野口米次郎 198

野野口立圃 146

一遍上人 132

一条兼良 96、139、140

一条天皇 106

伊马鹈平 38

伊原青青园 18

姨倭姬 78、79

易卜生 24、25、26、27、28

音阿弥 5

应神天皇 87

樱井忠温 186

永井荷风 29、180、183、184、199

有岛武郎 36

与谢芜村 153、155

宇治弥太郎 6

玉依姬 76

源光行 129

源家长 131

源太夫 12

源有房 131

赞岐典侍 116；藤原长子 116/赞岐典侍

轧林格 35

斋部广成 94、95

彰子 106/藤原彰子

丈草 147、150

折口信夫 96

真船丰 37、38

正冈子规 169

正木不如丘 202

正亲町町子 142、144

郑芝龙 13

支考 149、156

志贺矧川 167

中村吉藏 27、30、32；吉藏 28/中村吉藏

中村七二郎 20

中江兆民 173；兆民 174/中江兆民

中条百合子 204

竹本义太夫 12

竹田出云 13

竹向 139

竹友藻风 159、212

竹越三叉 163

紫式部 106、109

紫燕菴左舟 153

宗允 140

昨囊 152

佐藤春夫 198

佐野天声 27

佐佐木孝丸 35

佐佐木信纲 209